花かがり

立場茶屋おりき

今井絵美子

時代小説文庫

JN286881

角川春樹事務所

目次

嫁が君

　年中三界暇《ねんじゆうさんがい》なしの彦蕎麦《ひこそば》だが、中でも大晦日《おおつごもり》は一年を通して最も怱忙《そうぼう》を極《きわ》めるときで、この日は早朝から、それこそ猫の手も借りたいほどの遽《あわただ》しさだった。

口切《くちきり》（開店）の五ツ半（午前九時）を控《ひか》え、この日はいつもの三倍は出ると思える晦日蕎麦《みそかそば》の仕込みに、夜明け前から板場は大わらわ……。

　中でも、蕎麦打《そばう》ちを受け持つ杢助《もくすけ》は襷掛《たすきが》けに捻《ねじ》り鉢巻《はちまき》といった出《い》で立ちで、蕎麦を打っては切り打っては切りで、既《すで》に、傍《かたわ》らには生《なま》ふね（切った蕎麦を入れる箱）が何段にも積み上げられていた。

　そして、板頭《いたがしら》の修司《しゅうじ》は蕎麦つゆに使うかえし作りに余念《よねん》がない。

　無論《むろん》、本日使う蕎麦つゆは何日も寝かせたかえしを使うのだが、今のうちに補充のかえしを作っておかないと、忽《たちま》ち明日からの蕎麦つゆに困るというもの……。

　かえしとは、つゆにコクを出すために作られた熟成醤油《じゆくせいじょうゆ》のことで、醤油《しょうゆ》と砂糖を合わせて火にかけ、沸騰《ふっとう》寸前に火を止め、甕《かめ》に入れて何日も寝かせる。

　蕎麦つゆはこのかえしに当日とった出汁《だし》を合わせて作るのであるが、美味《うま》い蕎麦は、蕎麦とつゆの味で決まるといっても過言《かごん》ではないだろう。

単に、出汁の中に醤油や砂糖、酒を加えて煮詰《につ》めればよいというものではないのである。

これではおでん汁《づゆ》となってしまい、醤油のカド（醤油の持つ一種の臭《くさ》み）がもろに出るうえに、いくら煮詰めたところでコクが出ない。

つまり、蕎麦によく絡《から》まないのである。

従って、彦蕎麦では修司がこの重要な役を担《にな》っていた。

そして、出汁……。

これまた今日一日で日頃の三倍は使うとあって、枡吉《ますきち》たち追廻《おいまわし》が厚く削《けず》った鰹節《かつおぶし》を四半刻《しはんとき》（三十分）ほど湯の中で掻《か》き回しながら煮詰め、出来上がった出汁を保存用の甕に移すと、新《あら》たに出汁をとる。

蕎麦の出汁は、吸物《すいもの》のように一番出汁《いちばんだし》の香りは必要なかった。

出汁の香りが、蕎麦の香りを殺してしまうのである。

一方、揚方《あげかた》はと見ると、与之助《よのすけ》が海老《えび》の殻《から》を剥《む》き、茄子《なす》や獅子唐辛子《ししとうがらし》の下拵《したごしら》えを……。

「与之さん、海老は足《た》りるかえ？　足りないと言われても、今日はそれだけしか仕入れられなかったんだから、仕方がないんだけどさ……」

おきわが葱《ねぎ》を刻《きざ》みながら言う。

「さあ、現在《いま》のところ、天ざる、天麩羅《てんぷら》蕎麦がどれだけ出るか見当がつきやせんからね……。去年と同じくれェなら、なんとか間に合いやすが、万が一、足りなかったらどうしやしょう」

「山留《やまどめ》（閉店）にするより仕方がないじゃないか。慌てて茶屋や旅籠《はたご》に駆け込んだって、向うは向うで、明日の正月を控え材料確保に天手古舞《てんてこま》いだろうからさ」

「けど、大晦日は種《たね》ものを受けないことにしたのは間違っていませんでしたよ。去年は鴨南《かもなん》やあられ蕎麦、玉子とじってものを受けちまったばかりに、途中から収拾《しゅうしゅう》がつかなくなりましたもんね？　その点、今年は天麩羅だけってことにしたんで、板場の流れがよくなり、去年みたいに客を待たせて苦情を言われることもなくなるでしょうからね」

小女《こおんな》のおまちが生姜《しょうが》を擂《す》り下ろしながら言う。

「逆に、種ものがないと、それはそれで文句を言う客も出るだろうが、今日一日だもの、勘弁《かんべん》してもらうより仕方がないだろうね」

おきわがそう言ったとき、お年《とし》という小女が見世《みせ》のほうから声をかけてきた。

「女将《おかみ》さん、そろそろ暖簾《のれん》を出してもいいですか?」

おきわとおまちが顔を見合わせる。

「おや、もうそんな時刻かえ。さあ、皆、気張《きば》っていこうじゃないか!」

おきわがポンと手を叩《たた》く。

「ほい来た!」

「合点承知之介《がってんしょうちのすけ》! ああ、腕が鳴るぜ」

板場衆《いたばし》が気合を入れ、おきわとおまちは見世へと出て行った。

油障子《あぶらしょうじ》が開かれ、お年が暖簾を出す。

と、ほぼ同時に、客が飛び込んで来た。

「いらっしゃいませ!」

「おいでなさいませ! おや、民《たみ》さん、おはようさん。あらまっ、石《いし》さんも梅《うめ》さんもお揃《そろ》いで……」

おきわが常連客の顔を見て、愛想《あいそ》のよい笑顔を送る。

「おっ、俺《おり》ゃ、今年最後の締《し》めとして、一等最初に彦蕎麦の盛りを食おうと思ってよ! そいでもって、品川寺《ほんせんじ》の除夜《じょや》の鐘《かね》を聞きながら、去年今年《こぞことし》の蕎麦を食うのが毎年の恒例《こうれい》でよ」

「何言ってやがる！　民さんなんか、その合間に中食《ちゅうじき》だか小中飯《こじゅうはん》（おやつ）だか、もう一遍食うに決まってるんだ。おっ、俺ャ、盛り二枚《にめえ》な！」

「おっ、俺も！」

「俺ャ、盛り一枚《いちめえ》と掛《か》け一枚！」

小揚人足《こあげにんそく》たちが軽口を叩きながら席につく。

「あい、毎度！」

その頃、高輪車町《たかなわくるまちょう》の八文屋《はちもんや》では、朝餉客《あさげきやく》で賑《にぎ》わっていた。

「鯖《さば》は焼けたかえ？」

こうめが縄暖簾《なわのれん》を搔き分け、板場を覗《のぞ》き込む。

臨月《りんげつ》に入り、このところやけにお腹《なか》が大きくなってきたこうめが、身体《からだ》を反《そ》らせるようにして鉄平《てっぺい》に訊《たず》ねる。

「おっ、あと少しだ。鯖のあとはなんだっけ？　ああ、八盃豆腐《はちはいどうふ》か……」

「こうめちゃん、大鉢《おおばち》のお菜《さい》は足りてるかえ？」

おさわがきんぴら牛蒡《ごぼう》を作りながら言う。

「煮染《にしめ》があと一人前ほどしか残っていないんだけど……」

「そうかえ。中食時《どき》のことを考えたら、もう一度作ったほうがいいだろうね……。それで法蓮草《ほうれんそう》の胡麻《ごま》和《あ》えとか、鹿尾菜《ひじき》の煮物《にもの》は足りてるんだろうね？」

「ああ、足りてるよ。やっぱ、おばちゃんの作る煮染は美味《うま》いんだね。来る客来る客、皆、競《きそ》ったように煮染を注文するんだからさ……」

こうめがそう言うと、鉄平も頷《うなず》く。

「そうだぜ。おばちゃんが小石川《こいしかわ》に行って、俺一人が八文屋の板場を仕切っていた頃は、こうはいかなかったもんな……。朝作った煮染が、夜になっても、半分近く残っていたこともあったからよ」

「お陰で、毎晩、あたしらの夜食は煮染……。いい加減《かげん》うんざりしたこともあったからさ！　それが、おばちゃんが戻って来てくれてからというもの、朝の仕込みだけでは間に合わなくなったんだもんね……。料理人の手が替わると、こうも違うのかと思ってさ」

こうめが皮肉たっぷりな目をして、鉄平を見る。

「おう、うんざりさせて悪かったな！　おっ、鯖が焼き上がったぜ」

鉄平が皿に焼鯖《やきさば》を載《の》せ、こうめに手渡す。

が、盆に皿を載せて身体を返そうとしたこうめが、突き出た腹を柱にぶっつけそうになる。

「おっ、大丈夫《でえじようぶ》か！　おいおい、気をつけてくれよ。おめえの腹ん中には。大切《てえせつ》な俺の子が入《へえ》ってるんだからよ」

鉄平が色を失う。

こうめはぺろりと舌を出し、左官の朋吉《ともきち》に鯖の塩焼《しおやき》を運んで行った。

「あいよ、お待ち！」

「おっ、来た、来た……。この脂《あぶら》の乗った鯖を見てみなよ！　美味《うめ》ェぞォ……。仙次《せんじ》、おめえがくれと言っても、俺ャ、絶対にやらねえからよ」

朋吉がそう言うと、仲間の仙次が呆《あき》れ返ったような顔をする。

「誰がくれと言うかよ！　こうめ、俺ャ、煮染ときんぴら牛蒡に味噌汁《みそしる》だ。今朝の味噌汁はなんだ？」

「若布《わかめ》と豆腐《とうふ》だよ」

「そいつに滑子《なめこ》を入れてもらうわけにはいかねえかな」

「滑子？　ああ、確か、あったと思うけど……」

「滑子か……。そいつァいいな。よし、俺も貰《もら》おうか」

やはり、こちらも八文屋の常連で、浪人の高田誠之介《たかだせいのすけ》が乗ってくる。

「けど、高田さまは八盃豆腐を注文したばかりじゃないか……。滑子汁にも豆腐が入るのに、それでも要《い》るのかえ？」

こうめに言われ、誠之介が戸惑《とまど》ったように首を傾《かし》げる。

「八盃豆腐も捨てがたいが、さりとて、滑子汁も捨てがたし……。はて、どうしたものか……。ああ、やっぱり、滑子汁だ！　あのぬめぬめとした舌触《したざわ》りの誘惑《ゆうわく》には勝てねえ……」

「なんだえ、八盃豆腐を止《や》めるのかえ？　けど、もう作っちまってたらどうすんのさ」

「じゃ、八盃豆腐はおいらが貰ったぜ！　高田さまと違って、俺ャ、あのぬめっとした舌触りが気色《きしょく》悪くて堪《たま》らねえからよ」

岩伍《いわご》という男が割って入ってくる。

「じゃ、滑子汁が二人で、高田さまが注文した八盃豆腐を岩さんに廻《まわ》すってことなんだね？　あい、解《わか》った……」

こうめが注文を通そうと板場に歩きかける。

が、数歩、脚《あし》を前に進め、こうめは立ち止まった。

「どうしてェ！」

「なに、腹が痛むのか……」

「えっ、まさか、陣痛《じんつう》じゃねえだろうな？」

男たちが泡《あわ》を食ったように鳴り立てる。

こうめは前屈《まえかが》みになって暫《しばら》くお腹を押さえていたが、首を振ると、大丈夫、もう治《おさ》まったから……、と言い、皆を安心させるかのように笑《え》みを見せた。


「お腹に激痛が走ったって？」

板場に戻ると、おさわが気遣《きづか》わしそうに寄って来る。

「ううん、大丈夫。もう治まったから……」

「予定日は松が開けた頃だろ？　陣痛だとしたら一廻《ひとまわ》り（一週間）は早いことになるけど、こうめちゃんはお産《さん》は二度目だし、このお腹の大きさから見て……」

あっと、おさわの顔に緊張が走った。

「あら嫌《いや》だ！　気のせいか、赤児《やや》が少し下りて来ているような……」

おさわがそう言うと、鉄平が挙措《きょそ》を失いおろおろする。

「じゃ、もう生まれるんだ……。どうしよう、おばちゃん、どうしようか……」

「鉄平、落着くんだよ！　おまえが狼狽《うろた》えてどうすんのさ。それで、こうめちゃん、どうなんだえ？　赤児《やや》が下りて来たような気がするのかえ？」

「判《わか》んないよ。いいから、騒がないでおくれよ。それに、もうなんともないし、きっと、さっきのは気のせいだったんだよ。いいから、騒がないでおくれよ。それより、八盃豆腐は出来たのかえ？　高田さまの八盃豆腐を岩さんに譲《ゆず》って、仙さんと高田さまが滑子汁の注文をしたんだからさ。早いところ作っておくれよ！」

こうめは照れ隠しのつもりか早口に言うと、出来上がったばかりの八盃豆腐を汁椀《しるわん》に装《よそ》い、再び見世に戻って行った。

「こうめの奴、本当に大丈夫《でえじょうぶ》なんでやすかね？」

鉄平が眉根《まゆね》を寄せ、おさわを窺《うかが》う。

「…………」

おさわには答えようがなかった。

おさわが現在《いま》は亡き息子の陸郎《りくろう》を産《う》んだのは遥《はる》か昔のことで、それに、こうめがみずきを産んだときに立ち会ったといっても、産婆の傍《そば》で手を貸したというだけで、素人《しろうと》のおさわにはあとどのくらいで赤児《やや》が産まれるかなど判りようもない。

だが、芝《しば》九丁目の取り上げ婆《ばあ》の見立てでは、赤児《やや》が生まれるのは七草《ななくさ》の頃のはず……。

では、やはり気のせいなのかもしれない。

おさわと鉄平は懸念《けねん》を払うようにして、仕事に戻った。

ところが、朝餉客にひと段落《だんらく》がつき、片づけと同時に中食の仕込みに入った頃である。

盆に皿小鉢《さらこばち》を載せて板場に入って来たこうめが、キャッと悲鳴を上げて、手にした盆を放《ほう》り出した。

皿小鉢が土間の上で粉々《こなごな》に砕《くだ》け、飛び散っていく。

おさわも鉄平も啞然《あぜん》としたようにこうめを瞠《みつ》めた。

一体、何があったのか皆目《かいもく》判らない。

が、こうめは蒼白《そうはく》な顔をして、水甕《みずがめ》のほうを指差した。

「今、鼠《ねずみ》が……」

「鼠だって?」

「おまえさんの後《うし》ろを、こんなに大っきな鼠が駆けてったんだよ!」

こうめが両手の人差し指を立て、一尺(約三〇・三センチ)ほどの幅を作ってみせる。

「まさか……。そんな大きな鼠って、見たことがねえ!」

鉄平が嗤《わら》う。

「嘘《うそ》じゃないもん！　ちゃんとこの目で見たんだよ。おまえさんの足許《あしもと》を擦《す》り抜け、水甕の陰に隠れたんだから、嘘だと思うのなら、捜《さが》してみるといいよ！」

こうめがムキになったのを見て、鉄平が仕方なさそうに水甕の背後を覗き込む。

「鼠なんていねえじゃねえか……。ほら、だから、おめえの見間違《みまちげ》ェなのよ。それに、うちは食い物屋だろ？　鼠に居つかれちゃ困ると思い、鼠取りを仕掛け、猫いらずを団子《だんご》に混ぜて所々《ところどころ》に置いてたんだからよ。けど、今まで一匹もかかったことがねえし、死骸《しがい》が転がっていたこともねえんだ……。それって、うちには鼠はいねえってことになるだろ？」

「そうだよ、こうめちゃん。それより、早く食器の破片《はへん》を片づけなきゃ……。ああ、こうめちゃんは手を出さなくていいよ。指を切ったら困るからさ」

おさわがそう言い、箒《ほうき》と塵取《ちりと》りを持ち出し、土間を掃《は》いていく。

こうめは鼠を見たことを信じてもらえなかったことがよほど悔《くや》しいとみえ、憮然《ぶぜん》としたように奥の食間に入って行った。

中食は朝餉に比べてさほど忙しくなく、おさわはこうめには声をかけず、鉄平と二人で見世を切り廻した。

そして、中食の客が途絶《とだ》え、そろそろ自分たちも中食をと思っていたところに、亀《かめ》蔵《ぞう》が戻って来た。

「ああ、ひだるくって（空腹）目が廻りそうだぜ！　早《はえ》ェとこ食わせてくんな。今宵《こよい》から明日の朝にかけて初詣客《はつもうできやく》を見廻《みまわ》らなきゃなんねえからよ。おっ、そういうことだから、今宵は帰《けえ》れねえと思っていてくんな」

亀蔵はおさわにそう声をかけると、食間に入って行った。

「おっ、こうめ、なんでェ昼寝かよ。そんなところで眠ったんじゃ、風邪《かぜ》を引いちまうだろうが！　寝るんなら、部屋に行って蒲団《ふとん》を敷《し》いて寝るんだな」

亀蔵は不貞《ふて》たように食間に横たわるこうめに声をかけた。

「眠いんじゃないもの……。あたしが鼠を見たというのに、誰も信じてくれなくてさ……。そんなにあたしの言うことが信じられないのかと思うと、悔しくってさァ……」

こうめが背を向けたまま、くぐもった声を出す。

「なんでェ、乾反寝《ひぞりね》（不貞寝《ふてね》）をしてるってか！　大の大人が鼠がどうたらこうたら言って、おい、おめえ、それでもみずきとお腹の赤児《やや》のおっかさんかよ！」

「乾反寝なんかじゃないよ。さっきからお腹がじくじく痛むんだよ……」

「なに、腹が痛《いて》ェだと？　おい、おさわ！」

亀蔵が大声で板場に向かって鳴り立てる。

すると、計《はか》ったかのように、おさわが亀蔵の箱膳《はこぜん》を運んで来た。

「まあ、どうしました、大きな声を上げて……。あら嫌だ！　こうめちゃん、どうしたのさ……」

おさわが亀蔵の前に箱膳を置き、慌ててこうめの傍に寄って行く。

「こうめ、腹が痛《いて》ェんだとよ」

亀蔵が困《こう》じ果てた顔をして、おさわを見る。

「お腹が痛いって、どんなふうに痛むのかえ？　さっき、見世で起きたみたいな痛みなのかえ？」

こうめは心許《こころもと》なさそうに首を振った。

「あのときみたいな激痛じゃなくて、じくじく、じくじくするの……」

「じくじくだって？」

おさわの顔からさっと色が失《う》せた。

「どうしてェ、生まれるのか？」

おさわは首を振った。

「判らない……。本当に判らないんだけど、なんだか気色悪いんでね。とにかく、鉄平に産婆を呼びにやらせて下さいな！」

「おっ、解った」

亀蔵が食間を出て行く。

「こうめちゃん、今、取り上げ婆《ばあ》を呼びに行ってもらったから頑張るんだよ。大丈夫かえ？　二階まで上がれるかえ？」

こうめは弱々しく首を振った。

「階段を上がりたくない……」

「そうだよね。じゃ、この食間を産褥《さんじょく》にしちゃおうか……。そうだよ、皆は見世で食事を摂《と》ればいいんだからさ」

そこに、亀蔵が戻って来る。

「おう、今、鉄平を芝まで走らせたからよ。こうめ、大丈夫《でえじょうぶ》か？　産婆が来るまで辛抱《しんぼう》するんだぜ」

「鉄平が産婆を呼びに行ったとしたら、現在《いま》、見世には誰にもいないってこと……。ああ、一体、どうしたらいいんだろう」

「見世は山留にしといたぜ。中食時を終えて、幸い見世には客がいなかったからよ。

暖簾を仕舞《しま》い、心張棒《しんばりぼう》をかけといたから安心しな」

おさわは亀蔵の咄嗟《とっさ》の判断に、ほっと胸を撫《な》で下ろした。

こうめが顔を顰《しか》め、呻《うめ》き声を上げる。

「どうしてェ、痛《いて》ェのか？　ああ、弱ったぜ……。俺ャ、一体《いってえ》何をしてやればいいんだか……」

「親分はここにいても役に立ちませんよ。それより、二階に上がって、蒲団を運んで来て下さいな。こうめちゃんには二階まで上がる気力がないみたいなんで、ここを産褥として使います。ああ、それから、蒲団を運んで来たら、油紙《あぶらがみ》の準備や湯を大量に沸《わ》かすとか、いいですか？　することは山ほどあるんですからね！」

おさわが甲張《かんば》った声を上げると、亀蔵は慌てふためいたように二階に上がって行った。

ところが、亀蔵が蒲団を食間まで運んで来たのはいいが、あとが悪い……。

「油紙の準備をしろと言われても、一体《いってえ》どこにあるんだか……。湯を大量に沸かせだと？　この糞《くそ》ォ！　どの鍋《なべ》で沸かせばいいんだ……」

板場のほうからぶつくさと繰言《くりごと》が聞こえてくるばかりで、手は少しも動いていないようなのである。

無理もない。

亀蔵は今日の今日まで、茶の一杯も自分の手で淹《い》れたことがないのである。

かといって、現在《いま》、おさわがこうめの傍を離れるわけにはいかなかった。

こうめはどう見ても尋常《じんじょう》でなさそうなのである。

が、暫くすると、板場がやけに静かになった。

親分たら、一体、どうしちまったんだろう……。

おさわは堪らなく不安になった。

まるで、この世の人という人のすべてがいなくなり、こうめとおさわの二人だけが取り残されたような想《おも》いである。

鉄平、早く戻って来ておくれ……。

おさわは祈るような気持で、大丈夫かえ？　大丈夫だよね？　とこうめの背中を擦《さす》り続けた。

暫くして、おまきが水口《みずぐち》から飛び込んで来た。

「おさわさん、こうめさんがお産なんですって？」

おまきは板場や見世に誰もいないのを確かめると、食間に声をかけてきた。

「おまきさんかえ？　ああ、よいところに来ておくれだね。悪いけど、手を貸してもらえないかえ？　なんせ、親分では間尺《ましやく》に合わないもんでね」

おまきが怖《お》ず怖ずと食間に上がって来る。

「あたし、親分から聞いて驚いちまって……。確か、七草の頃と聞いていたのに、予定より一廻りも早いのですものね」

おまきが不安そうな顔をして、おさわを窺う。

「そうなんだよ……。じゃ、親分がおまきさんを呼びに行ったのかえ？」

「ええ、親分が鉄平さんは芝九丁目まで産婆を呼びに行って留守だし、おさわさんからああしろこうしろと言われても、自分じゃ何をどうしてよいのか解らないので手を貸してくれないかと……」

まあ……、とおさわが眉間《みけん》に皺《しわ》を寄せる。

たかだか湯を沸かせと言っただけで、大したことを頼んだわけでもないのに、下高輪台《しもたかなわだい》までおまきを呼びに行くなんて……。

とは言え、女手《おんなで》があると助かるというもの……。

「正《まさ》な話、来てくれて助かったよ。親分たら、湯を沸かすことも出来ないんだからさ……。おまきさん、こうめちゃんの背中を擦ってやってくれないかえ？　あたし、油紙を探してくるからさ」

「じゃ、ここでお産を？」

「ああ二階まで上がるのがしんどいと言うもんだからさ」

こうめがまた呻き声を上げた。

見ると、額に脂汗《あぶらあせ》をかいてる。

しかも、額ばかりか唇まで色を失い、虚《うつ》ろな目をして、今にも気を失いそうではないか……。

「痛むかえ？　ああ、一体、産婆は何してるんだろ！」

おさわが気を苛《いら》ったように言いながら、油紙を探しに二階に上がって行く。

鉄平が取り上げ婆を連れて戻って来たのは、食間に産褥が調《ととの》えられた頃だった。

座産《ざさん》のため、天井《てんじよう》から縄《なわ》を吊《つる》し、蒲団の上に油紙を敷いて周囲《まわり》を枕屏風《まくらびようぶ》で囲《かこ》って、胞衣《えな》(後産《あとざん》)を始末するための器《うつわ》や臍《へそ》の緒《お》を縛《しば》る藁《わら》も用意されている。

「来るのが遅くなって済まなかったね。なんせ、今日は廻るところが多くてさ……。ご亭主に早く早くとせっつかれたところで、他の妊婦《にんぷ》を放っておくわけにはいかなかったんだよ。けど、親分に十手《じって》をちらつかされたんじゃ、他を放ってでも来ないわけにはいかなくてさ……」

おさきという取り上げ婆は、恨《うら》めしそうにちらと亀蔵を流し見た。

では、亀蔵はおまきを呼んだ後、芝九丁目ばかりかおさきの出先《でさき》まで駆けつけ、焦眉《しょうび》の急《きゅう》と急《せ》き立てたのであろうか……。

おさきはこうめをひと目見ると、眉根を寄せた。

「悪いが、男は外《はず》してくれないかえ？」

おさわに追い立てられるようにして、亀蔵と鉄平が産褥の外に出る。

そうして、一体どのくらい刻《とき》が経《た》ったであろうか……。

産褥の中からは、女ごどものひそひそと囁《ささや》き合う声とこうめの溜息《ためいき》とも喘《あえ》ぎともつかない声が漏《も》れてくるだけで、亀蔵は板場の床几《しょうぎ》に腰を下ろし、苛々《いらいら》と煙管《きせる》に煙草《たばこ》を詰めて、一服《いっぷく》してはカンと竈《かまど》に雁首《がんくび》を打ち、再び煙草を詰めるという動作を繰《く》り返していた。

鉄平も気が気ではないとみえ、さして広いというわけでもない板場の中を、あっちにうろうろ、こっちにうろうろ……。

「邪魔《じゃま》臭《くせ》ェ！　そう目の前をうろちょろされたんじゃ、それでなくても気が苛っているというのに向腹《むかばら》が立ってしょうがねえ！　ちったァ、じっとしていられねえのかよ！」

亀蔵にどしめかれ、鉄平が潮垂《しおた》れて床几に腰を下ろす。

「こんなことになるのなら、こうめが鼠を見たという話を信じてやればよかったんだ……」

鉄平がぽつりと呟《つぶや》く。

「なんでェ、鼠たァ……」

亀蔵はこうめから聞いたことなどころりと失念したようで、訝《いぶか》しそうに鉄平を睨《ね》めつけた。

「それが……。こうめの奴が板場で鼠を見たと言い出しやしてね。それも、こんなにでっけェ鼠……」

鉄平が両指を立ててみせる。

「そんなでっけェ鼠がいるとしたら、一遍くれェ、俺かおばちゃんが目にしているはずなのに、俺たちゃ一度も見たことがねえんだもんだから……。それに、うちは食い物商売《しょうべえ》をやっている手前《てめえ》、鼠なんかに居つかれたらおてちんだ……。それで俺は鼠取りを仕掛けたり、猫いらずを混ぜた団子を鼠の出そうな場所に置いてたんだが、これまで一度として鼠がかかったこともなければ、死骸が転がっていたこともなかった……。それで、うちには鼠はいねえんだと言ってやったんだが、こうめの奴、俺たちが信じねえもんだから、ぶん剝《むく》れちまって……。そしたら、この有様《ありさま》だ……。おさきさんが予定日より一廻り早《はえ》ェお産なんてさして珍しくないので案じることはねえと言ってくれたんだが、そう言われたところで、こうめの様子がどう見てもおかしい……。心配《しんぺえ》するなと言うのが無理ってもんだろ？　俺、なんだか、こうめによくねえことが起きてるんじゃねえかと思って……」

鉄平が今にも泣き出しそうな顔をする。

「てんごうを！　おめえ、莫迦《ばか》なことを考えるもんじゃねえや。こうめによくねえことなんて起きるわけがねえじゃねえか！　それによ、鼠がどうたらこうたら埒口《らちぐち》もねえことを……。おめえよォ、おめえはどう思ってるか知らねえが、鼠は昔から福の神とされてるんだ。しかもよ、今日は大晦日で、一夜明ければ元旦だ。考えようによっては、これまで姿を現さなかった鼠が大晦日に出て来るなんざァ、縁起のよいことでよ……。寧《むし》ろ、有難《ありがて》ェと思わなくちゃならねえのよ」

亀蔵は口では有難いと言いつつも顔は正直で、糞忌々《くそいまいま》しそうな顔をしている。

「鼠が福の神だなんて、今初めて知りました。へえェ、そうなんでやすか……」

鉄平が目をまじくじさせる。

「正月三が日に限り、鼠のことを嫁が君といってよ、年頭《ねんとう》に鼠の機嫌《きげん》を損《そこ》ねると、その年は禍《わざわい》が多いってんで、ところによっては、飯や米粒《こめつぶ》、餅《もち》などを鼠に供《そな》える仕来《しきた》りがあるほどでよ……。俺ャ、詳《くわ》しくは知らねえが、鼠が供物《そなえもの》を食う食い方で、その年の吉凶《きっきょう》を占《うらな》うというからよ。おっ、鉄平、八文屋にそんなにでっけェ鼠が居ついているというのなら、うちでも供物をしようじゃねえか！　そうしたら、こうめが元気な赤児《やや》を産んでくれるだろうからよ」

「えっ……」

鉄平が目を点にする。

「供物をするって、一体《いってえ》どこに……」

「こうめが鼠を見たという場所に置いておくのよ」

「こうめは水口のほうから走ってきた鼠が水甕の陰に姿を消したと言ってやしたけど……。で、何を供えたら……」

「餅と米に決まってるだろうが！　正月用に搗《つ》いた餅があるだろう？　だったら、それを皿に載せて、ようく、ようく、願いを込めて供えるのよ」

「けど、まだ現在《いま》は正月じゃねえし……」

「大つけが！　去年今年《こぞことし》といってよ、大晦日は新しい年に繋《つな》がる大切《てえせつ》な日……。それによ、こうめのあの様子では、赤児《やや》が生まれるまでにはまだ相当かかりそうだ。それこそ、除夜の鐘が鳴り響《ひび》く最中《さなか》か、突き終えてからってこともあるんだからよ」

亀蔵がそう言ったときである。

産褥の中からおさわとおまきが出て来た。

亀蔵と鉄平の頰《ほお》が強張《こわば》る。

「どうしてェ、まだ生まれねえのか？」

おさわは辛《つら》そうな顔をして、首を振った。

「おさきさんの話では、どうやら陣痛微弱《じんつうびじゃく》らしくてさ……。幸い、赤児《やや》は逆子《さかご》でもなく正常な位置にいるらしいんだけど、それにしても陣痛が微弱で、あれではこうめちゃんが体力を消耗《しょうもう》するばかりだろ？　それで、これから、灸治療《きゅうちりょう》で陣痛を促《うなが》すそうなんだよ。そんなわけで、生まれるまでまだ暫くかかりそうなんだよ。あたしはこの薬を煎《せん》じてこうめちゃんに飲ませようと思ってさ。そうだ、鉄平、皆が摘《つま》めるように握り飯を作ってくれないかえ？　この按配《あんばい》じゃ長丁場《ながちょうば》になりそうだから、皆、お腹に何か詰めておかなきゃね」

「あたしも手伝いましょう」

おまきが着物の上から襷《たすき》をくるりと廻す。

「いえ、おまきさんはもういいんだよ。鉄平がいてくれるから、湯を沸かしたり、細々《こまごま》したことはしてくれるだろうからさ。おまえさんはそろそろ戻ってやらなきゃ、子供たちがお腹を空《す》かせて待っているだろうからさ。そうだ、鉄平、子供たちの土産《おみや》として見世のお菜を詰めてやってくれないかえ？」

「いえ、そんな……。商売ものを頂《いただ》くわけにはいきません」

「何言ってんだよ。今日は八文屋は山留だ……。元々、正月三が日は見世を休むつもりでいたから、残しておいてもしょうがないんだよ。遠慮しないで持っておくれ」

おさわはそう言うと、独参湯《どくじんとう》を煎じ始めた。

「親分、そんなわけだから、こうめちゃんはいつ赤児《やや》を産むのか判らないんですよ。いいんですか？　これから初詣客で巷《ちまた》が賑わうというのに、いつまでもここで油を売ってて……。鉄平に急いで何かお腹に詰めるものを作ってもらい、そろそろ出掛けられたほうがいいのではありませんか？」

おさわのその言葉に、亀蔵がぱちんと額を叩《はた》く。

「そうだった、そうだった……。こうめのお産騒ぎで、金太《きんた》や利助《りすけ》を待たせているのをころりと忘れちまってたぜ！　けど、本当に大丈夫《でえじょうぶ》なんだろうな？　あの取り上げ婆で間尺に合わねえようなら、素庵《そあん》さまに診《み》てもらうことを考えなくちゃならねえからよ」

おさわはくすりと肩を揺《ゆ》らした。

「大丈夫ですよ。おさきさんはこの道三十年の腕のよい産婆ですから、素庵さまに診てもらわなきゃならない事態なら、はっきりとそう言われます。ですから、親分はこうめちゃんのことは気にせず、お務《つと》めに励んで下さいな」

「そうけえ……。まっ、おさわがそう言うのなら……」

亀蔵は太息《ふといき》を吐《つ》くと、鉄平が装ってくれた飯を手に、見世のほうに出て行った。

どうやら、残り物のお菜をおかずに、取り敢《あ》えず、腹に何か詰め込んでおくつもりなのだろう。

が、暫くして、亀蔵は突然何かを思い出したとばかりに板場に戻って来た。

「鉄平、餅は?」

「えっ、ああ……。そこの諸蓋《もろぶた》の中に入《へえ》ってやす」

亀蔵が諸蓋の蓋《ふた》を開け、餅を一つ取り出すと小皿に載せ、水甕の傍に置く。

そうして、手を合わせ、何やら口の中でぶつぶつと呟いた。

おさわとおまきは顔を見合わせ、肩を竦《すく》めた。

鉄平が思わずぷっと噴《ふ》き出す。

「なんなのさ、あれ……」

鉄平がおかしさを噛《か》み殺し、いえっ、と首を振る。

すると、亀蔵がきっと振り向き、鳴り立てた。

「置きャあがれ！」


一方、立場茶屋《たてばぢやや》おりきの旅籠では、年神《としがみ》を迎える準備に余念がなかった。

年神は大晦日の夜に訪れて、正月飾りを取り払う七日、または小正月前後に去って行くといわれている。

そのため、人々は年神を祀《まつ》る祭壇の前で寝ずの番をして、元旦、供物を下げて皆で食す直会《なおらい》という儀式を経《へ》て神の霊力《れいりょく》を身につけるのだった。

が、立場茶屋おりきでそんなことをしていたのでは、忽《たち》ち翌日の仕事に障《さわ》りが出るため、おりきは除夜の鐘が鳴り終えるまで大番頭の達吉《たつきち》と二人して祭壇の前で過ごすと、ほんの少し仮眠を取った後、早朝、若水《わかみず》を汲《く》み、年神に供えたり福茶《ふくちゃ》（昆布《こんぶ》、黒《くろ》豆《まめ》、山椒《さんしょう》、小梅《こうめ》などを入れた煎茶《せんちゃ》）や雑煮《ぞうに》に使うことにしていた。
歳徳棚《としとくだな》と呼ばれる祭壇はその年の恵方《えほう》に向けて設《もう》けられ、注連縄《しめなわ》を張り、お神酒《みき》、米、塩、鏡餅《かがみもち》、蠟燭《ろうそく》が供えられる。

「女将さん、粗方《あらかた》準備が調いやしたんで、少しお休みになって下せえ」

達吉が帳簿を改めながら言う。

「そうもしていられないのですよ。これから客室に正月用の花を活《い》けて廻らなければなりませんし、巳之吉《みのきち》との打ち合わせや店衆《たなし》に配るお年玉の準備をしなくてはなりませんからね」

「ああ、それで昨日、小間物屋《こまものや》が来てたんでやすね」

「ええ。何がよいかと考えたのですが、やはり、女衆《おなごし》は身につけるもののほうがよいかと思い、手絡《てがら》にしましたのよ。女ごはそのときその気分で手絡の色を変えますので、何枚あってもよいかと思いましてね。けれども、男衆《おとこし》に何をあげればよいのか……。あれこれと考えたのですが、結句、今年も変わり映《ば》えのしない手拭《てぬぐい》になりましたのよ」

おりきが祭壇の花を活けながら言う。

「手拭！　結構毛だらけってなもんで……。正月に真新《まあたら》しい手拭が身につけられるなんざァ、男冥利《おとこみょうり》に尽《つ》きるってもんでやすからね。腰に下げても首に巻いても、心意気《こころいき》までがまっさらになった気分で、身が引き締まりやすからね……。けど、女将さんはそうして毎年店衆にお年玉をやりなさるんだから、まったく頭が下がるってもんで……。気は心というが、そうしてもらえると、この一年、店衆も我勢《がせい》しようって気になりやすからね」

「もう少し気の利《き》いたものをあげられるとよいのでしょうがね……。それにしても、現在《いま》わたくしが頭を悩ませているのは、あすなろ園の子供たちに何をあげればよいのかということでしてね。いえね、手習を始めた子供たちには新しい筆をと思っているのですが、海人《かいと》ちゃんと茜《あかね》ちゃんに何をあげればよいのか……。大番頭さん、何か思いつきませんこと？」

達吉が、はて……、と首を傾げる。

「二人とも、年が明けて三歳か……。三歳の餓鬼《がき》じゃ、何をやってもピンと来ねえんじゃ……。まっ、飴玉《あめだま》でもやれば悦《よろこ》ぶかもしれねえが……」

「飴玉は舐《な》めてしまえばそれで終《しま》いですからね。何か形《かたち》として残り、役に立つものはないかしら？」

「と言っても、腹掛《はらが》けじゃよ……。そうだ！　海人も茜も此《こ》の中《じゅう》あんよが出来るようになったものだから、外に出たがって困るとキヲさんが言ってやしてね。履物《はきもの》はどうでやしょ」

「履物……。あっ、それがいいかもしれませんわね。確か、現在《いま》は……」

「手先の器用な吾平《ごへい》さんが、幼児用の草鞋《わらじ》を編《あ》んでやり、現在《いま》はそいつを履《は》いてやすが、草鞋じゃあまりにも芸がねえ」

「他の子供たちは駒下駄《こまげた》を履いていますが、三歳で駒下駄を履いても大丈夫かしら？」

「さあて……。けど、駒下駄は歯が低いのが特徴でやすから大丈夫《でえじょうぶ》なんじゃねえかと……。あっ、女将さん、どちらに？」

いきなり立ち上がったおりきに、達吉が慌てる。

「天狗屋《てんぐや》に行き、みのりさんに相談してみます。大番頭さん、四半刻《しはんとき》（三十分）ほど留守にしますので、あとを頼みましたよ」

「あっ、みのりさんにね……。へい、解りやした」

おりきは妙国寺《みょうこくじ》の斜向《はすむ》かいにある下駄商天狗屋へと向かった。

街道にずらりと軒《のき》を連《つら》ねる旅籠や立場茶屋に比べると、天狗屋は比較的こぢんまりとした見世だが、小体《こてい》な見世のわりには品揃《しなぞろ》えが豊富《ほうふ》で、おりきは女主人《おんなあるじ》のみのりと親しく付き合うようになってからというもの、もっぱら、この見世を贔屓《ひいき》にしていた。

おりきが店先で訪《おとな》いを入れると、入口に背を向けて荷造りをしていた小僧が振り返り、あっと顔色を変えると、奥に向かって大声を上げた。

「女将さん、立場茶屋おりきの女将さんがお見えになりやした！」

その声に、手拭を姉《あね》さん被《かぶ》りにしたみのりが、慌てて見世に出てきた。

みのりは姉さん被りばかりか、襷掛けに前垂《まえだ》れ、尻っ端《ぱし》折《よ》りといった、大掃除でもしているかのような形《なり》をしていた。

「おりきさん……」

「大掃除をなさっていましたの？　悪いところに来てしまったようですね」

おりきがそう言うと、みのりは慌てて頭の手拭を取り、茶の間に上がるようにと勧《すす》めた。

「でも、わたくし、そんなにゆっくりともしていられませんのよ。明日、三歳の男の子と女《おな》ごの子に、お年玉として、初めての下駄を贈《おく》ってやろうと思いましてね。それで、みのりさんに選んでもらおうと思って参りましたのよ」

「三歳の子供たちに……。まっ、いかにも、おりきさんらしいこと！　ええ、ええ、ありますわよ。今日来て下さって良かった！　明日はもうあたしはここにいませんもの……」

　えっ、とおりきは息を呑《の》んだ。

「ここにいないとは、それはどういうことなのでしょう」

　みのりはつと眉根を寄せ、肩息《かたいき》を吐いた。

「とにかく、お上がり下さいな」

　どうやら、事情がありそうである。

　となれば、行きのすぐに帰るというわけにはいかないだろう。

　おりきは勧められるままに茶の間に上がり、きやりとした。

　茶の間には長火鉢《ながひばち》が一つあるきりで、見事なまでに部屋の中が片づけられていたのである。

　みのりは寂《さみ》しそうな笑《え》みを見せた。

「まだ、お茶だけは出せますのよ。お座布団《ざぶ》がなくて申し訳ないのですが、どうぞお坐《すわ》り下さいな」

　みのりはそう言うと、茶櫃《ちゃびつ》の蓋を開け、茶の仕度《したく》を始めた。

「お引っ越しになるとは、ちっとも知りませんでした」

「引っ越しならよいのですけどね。夜逃げなんですよ」

「夜逃げですって！」

「早い話、そういうことになるのでしょうね。ほら、今日は大晦日でしょう？　人によっては除夜の鐘が鳴り終えるぎりぎりまで大掃除をしますでしょう？　それで、今日なら荷造りをしていても人目《ひとめ》に立たないのではないかと思って……。正な話、先ほど家財道具を大八車《だいはちぐるま》に乗せて送り出したんだけど、誰も不審《ふしん》に思っていないようでしたからね。あとは見世の荷を片づけるだけ……。これも行き先は決まっていますのよ。神田照降町《かんだてりふりちょう》の下駄屋が纏《まと》めて引き取ってくれると言っていますので、そこに送り出すだけ……。あっ、でも、幼児用の駒下駄なら差し上げられますわ。紅《あか》い鼻緒《はなお》の下駄を一足、青い鼻緒の下駄一足、これまでおりきさんに世話になったお礼です。あたしの気持だと思って受け取って下さいな」

「いえ、そんな……。それはなりません。ちゃんとお代を払わせていただきます」

おりきが慌てると、みのりは今にも泣き出しそうに顔を歪《ゆが》めた。

「おりきさん、お願い！　せめて、最後にこれくらいのことはさせて下さいな……」

みのりの目に涙が溢《あふ》れた。

「何があったのですか？　わたくしでよければお話し下さい。何か力になれることがあるかもしれません」

みのりは畳《たたみ》に両手をつくと、肩を顫《ふる》わせた。

「有難《ありがと》うございます。でも、もうどうしようもないのです」

「解りました。とにかく、話を聞きましょう。他人《ひと》に話すことで、少しは気が楽になることもありますのよ」

おりきは小僧を呼ぶと、天狗屋で用が出来たのでまだ暫く旅籠に戻れないと達吉に伝言を言付《ことづ》け、改まったようにみのりに目を据《す》えた。

「実は、神田本石町《かんだほんごくちょう》の済成堂《さいせいどう》が身代限《しんだいかぎ》りとなりましたの」

みのりは顔を上げると、か細い声で言った。

えっと、おりきが絶句する。

薬種問屋《やくしゅどんや》済成堂といえば大店《おおだな》である。

大坂道修町《おおざかどしょうまち》の済成堂を本店に仰《あお》ぎ、主人《あるじ》の市右衛門《いちえもん》は暖簾分《のれんわ》けをしてもらった恰好《かっこう》で本石町に見世を構えたのであるが、市右衛門が内儀《ないぎ》の妹に当たるみのりを手懸《てかけ》として品川宿門前町《しながわしゅくもんぜんちょう》に下駄屋を出させたほどであるから、誰もが済成堂の商《あきな》いは順調なのだろうと思っていた。

「身代限りといっても、本店がついていて、そんなことがあるのかしら……」

　おりきが訝しそうな顔をすると、みのりは寂しそうに首を振った。

「義兄さん、いえ、旦那さまが暖簾分けをしてもらえたのは、何もかもが姉さんのお陰なのです。そのことはご存知ですよね？」

「ええ、亀蔵親分からそのようなことを聞いたように思います」

「姉のふえは本店にいた頃から主人《あるじ》夫婦に大層気に入られていました。それで、当時市太《いちた》と名乗り手代を務めていた義兄《にい》さんは姉さんと祝言《しゅうげん》を挙《あ》げると同時に番頭に昇格し、三年後、済成堂が江戸に出店《でだな》を構えることになった折には、暖簾分けという恰好で一国一城《いっこくいちじょう》の主人《あるじ》になれたのです。裏で姉さんが動いたのはいうまでもありません。本石町に見世を構えた後も商いが順調に伸びたのも、算勘《さんかん》に長《た》けた姉さんのお陰といっても過言ではないでしょう。けど、姉さんは賢い女《ひと》でしたから、決して前面に出ず、義兄《にい》さんを立てることに努《つと》めました。妹のあたしから見ても、まさに姉さんは糟糠《そうこう》の妻……。けれども、その姉さんが……」

みのりが唇を噛み、肩を顫わせる。

「おふえさんがどうかなさいましたの？」

「今年の夏、心《しん》の臓《ぞう》の発作《ほっさ》で急死しましたの……」

まあ……、と思わずおりきは言葉を失った。

「突然のことで、義兄《にい》さんもあたしもまさかこんなことにはなると思っていませんでした……。今思えば、あたしは姉さんに酷《ひど》いことばかりしてきたのです。生駒《いこま》の百姓の娘だったあたしを江戸に呼び寄せ、本石町で大店の娘として躾《しつ》けて良家に嫁《とつ》がせようとしてくれた姉さんを裏切り、あたしったら、義兄《にい》さんと理《わり》ない仲になってしまったのですものね……。姉さんはあたしと義兄《にい》さんの関係に気づいていたのです。それなのに、あたしを責めようともせず、義兄《にい》さんがあたしに下駄屋を持たせることにも賛成してくれたのです。ところが、あたしはそれをよいことにして、ずっと姉さんを裏切り続けてきたのです……」

みのりが前垂れを顔に当て、激しく泣きじゃくる。

おりきはみのりの肩にそっと手をかけた。

「けれども、みのりさんはいつまでも市右衛門さんと男女の仲でいてはならないと思い、本来の義兄義妹《あにいもうと》関係に戻られたのではなかったのかしら？　亀蔵親分の話では、この頃は市右衛門さんが門前町を訪ねて見えることはないとか……」

「ええ。あたし、義兄《にい》さんに言ったんです。もうこれ以上姉さんを裏切りたくないって……。天狗屋の商いも細々ながらもなんとか廻していけるようになりましたし、いつまでも頼っていてはならないと思ったんですよ。義兄《にい》さんも解ってくれ、それで、あたしたちはまともな関係に戻れたんです。けど、姉さんに死なれてしまうと、何もかも歯車《はぐるま》が狂っちまって……。義兄《にい》さんね、姉さんに死なれてその寂しさを紛《まぎ》らわせようとしてか商いにのめり込み、本店を通さずに朝鮮人参《ちようせんにんじん》や山帰来《さんきらい》を仕入れようと、大枚《たいまい》を叩《はた》いてしまったんです。ところが、この秋の野分《のわき》で船が難破《なんぱ》してしまい、せっかく買いつけた薬が海の藻屑《もくず》にと……。姉さんが生きていれば、そんな博打《ばくち》のようなことは決してさせなかったでしょう……。結句、本石町の見世は二進《にっち》も三進《さっち》もいかなくなり、遂《つい》に、義兄《にい》さんは高利《こうり》の金に手を出してしまったのです。本店も手を差し伸べようとはしてくれませんでした。それはそうですよね？　信頼していた姉さんはうこの世の人ではないうえに、義兄《にい》さんは本店を裏切るような真似《まね》をして、清国《しんこく》の商人《あきんど》と取り引きをしたのですものね……。義兄《にい》さんが訪ねて来て、何もかもを打ち明けてくれました。義兄《にい》さんが言うには、現在《いま》はまだ天狗屋と済成堂の関係を金貸しに知られていないが、いずれ、この見世を差し押さえに来るのは火を見るより明らか……、おまえも覚悟しておくようにって……」

「それで、今のうちに見世を畳《たた》んでどこかに逃げようと？」

おりきがみのりの目を瞠める。

みのりは思い詰めたような顔をして、おりきを見返した。

「いえ、思い違いをしないで下さいね。あたしだけがよい目を見ようとして、一人で逃げるわけではないのです。義兄《にい》さんは何もかも失ってしまいました。あたしにはそんな義兄《にい》さんを放っておくわけにはいきません！　元を糺《ただ》せば、この天狗屋は義兄《にい》さんから貰った見世……。こんなときだからこそ、ここを手放し、義兄《にい》さんがいずれ出直すための資金に用立ててもらいたいと思って……。言い出したのはあたしなんです。姉さんがもういないのだから、これからはあたしがあの男《ひと》の支えになってあげなければ……。そうすれば、きっと姉さんも草葉《くさば》の陰で悦んでくれるのじゃないかと思ったのです。だって、姉さんは義兄《にい》さんが好きで好きで堪らなかったのですよ。あたし、思うんです。一度は切れたつもりのあたしが再びこんな気持になったのは、きっと、姉さんがあたしに乗り移り、義兄《にい》さんのことを頼むと言っているからなんだと……。ああ、女将さん、おりきさん、もう何も言わないで下さい。あたしはこれでいいんです！　あたしが選んだ道です。決して、後悔はしませんので……」

おりきはあっと息を呑んだ。

みのりの目が前途《ぜんと》に向かって、希望の色に燃えているのである。

みのりがそこまで市右衛門を慕《した》っていたとは……。

思うに、一旦は諦《あきら》めたつもりでいても、みのりは心の底で、相も変わらず市右衛門の存在が居続けていたのであろう。

みのりは無一文となった市右衛門を前にして、現在《いま》こそ自分が支えになってあげなくてはという想いから、再び、それまで眠っていた市右衛門への思慕《しぼ》を呼び覚《さ》ましてしまったのではなかろうか……。

「実は、今日中にここを明け渡さなければならないのは、あたしが買い手を見つけてきたからなんですよ。商売ものの下駄や雪駄《せった》は照降町の下駄屋が買い取ってくれることになりましたし、これであの男《ひと》と手に手を携《たずさ》え、出直すための資金が出来ました。おりきさん、あたしのやっていることは間違っていますか？　間違っていませんよね？」

みのりが縋《すが》るような目でおりきを見る。

おりきには間違っているともいないとも言えなかった。

市右衛門が天狗屋を出す際に金を出したといっても、見世の名義はみのりである。そのみのりが見世を金に替えようとしたところで誰にも文句は言えないし、表立っては、金貸しも手を出しづらいだろう。

が、そうは言っても、本石町の店衆はどうなるのであろう……。

彼らは新しい年を待たずして、この寒空《さむぞら》の下《もと》、路頭《ろとう》に迷うことになったのである。

だが、そう思いこそすれ、おりきには天狗屋を売った金を店衆に分け与えるべきだとは言えなかった。

何故《なぜ》ならば、それは市右衛門が考えなければならないことであり、みのりの生き方とは関係のないことなのだから……。

それにしても、市右衛門という男はどこまで幸せな男なのであろうか。

あれほどまでおふえに尽くされ、今また、みのりが市右衛門の支えになろうというのであるから……。

みのりはおりきが返す言葉を失ったのを見て、寂しそうに片頬《かたほお》を弛《ゆる》めた。

「解っています。得手勝手《えてかって》だとおっしゃりたいのでしょう？　けれども、あたしにはこの道しか選べません。許して下さい。どうか、目を瞑《つぶ》って下さいませ……。あたしだって幸せになりたいんです！　江戸を離れ、今度こそ、あの男《ひと》と晴れて夫婦《めおと》となり、約《つづ》まやかに暮らしていきたいんです」

「みのりさん、解りましたわ。わたくしには異を唱《とな》えることは出来ません。おまえさまが選んだ道ですもの。悔《く》いのないように生きられるとよいでしょう。けれども、これでもうお目にかかれなくなるのかと思うと寂しいですわね」

「江戸を離れ、落着き先が決まり次第、お便りいたします。そうだわ！　現在《いま》、あすなろ園には何人子供がいるのかしら？　三歳用の下駄だけでなく、他の子供たちにも差し上げますので、遠慮なくお持ち下さいな」

「いえいえ、それには及びません。では、お言葉に甘えて、三歳用の下駄二足だけは頂きましょう。その代わり、これは受けてもらわないと困ります」

おりきはそう言うと、身体を捩《よじ》り早道《はやみち》（銭入れ）から一両抜き取ると懐紙《かいし》に包み、みのりの前に差し出した。

「えっ……」

みのりはとほんとした。

「餞別《せんべつ》です。これはわたくしの気持ですので、なんとしてでも受けてもらわなければ困ります」

みのりの目に見る見るうちに涙が溢れ、つっと頬を伝った。

「おりきさん、あたし……」

「何もおっしゃらなくてもよいのです。幸せになるのですよ。文を待っていますからね！」

　すると、そこに小僧が戻ってきた。

「旅籠の大番頭さんに伝えたんだけど、なんだか忙しいみてェで、一刻も早く戻って来てくれって……」

　小僧が身体をすじりもじりさせながら言う。

「あら、それは大変ですこと！　では、みのりさん、わたくしはこれで失礼致しますけど、どうか身体に気をつけて下さいませね。くれぐれも言っておきますが、幸せを摑《つか》もうと焦《あせ》るのではありませんよ。地道《じみち》に歩《あゆ》めば必ずや幸せのほうから傍に寄って来てくれますからね。あっ、これが三歳用の駒下駄なんですね。では、遠慮なく頂いて参ります」

　おりきは小僧が包んでくれた下駄を胸に、深々と頭を下げた。

　一瞬、みのりと目が絡み合う。

　おりきは目で頑張るのですよと伝えたつもりだが、みのりにも充分その想いは伝わったようである。

　みのりはうんうんと頷くと、再び、はらはらと涙を零《こぼ》した。

旅籠に戻ると、下足番の吾平と見習の末吉《すえきち》が、玄関先に弓張提灯《ゆみはりぢょうちん》を掲《かか》げようとしていた。

門松《かどまつ》や注連《しめ》飾《かざ》りは既に二日前から飾られていたが、これは大晦日に飾るのを一夜飾《いちやかざ》りといって忌《い》むことから来たものである。

「あっ、お帰《けえ》りやす！　女将さん、近江屋《おうみや》の旦那がお待ちかねでやすぜ」

吾平が声をかけてくる。

「近江屋さんが？」

はて……、とおりきは首を傾げた。

今時分、忠助《ただすけ》が何故……。

「それで、大番頭さんは？」

「へっ、現在《いま》、近江屋さんに応対中《おうたいちゅう》で……」

「解りました」

おりきは帳場に急いだ。

忠助は達吉に茶を淹れてもらい、何やら深刻な顔をして話し込んでいた。

「お待たせして済みませんでした」

おりきは帳場に入ると、戸口で深々と頭を下げた。

「前触《まえぶ》れもなく突然訪ねて来て済まなかったね」

「長いことお待たせしましたかしら？」

「いや、今し方来たばかりなんだが、大番頭さんが言うには、なんと、おまえさんが天狗屋に行ったというではないか……。こいつは以心伝心《いしんでんしん》と思ったんだが、おまえさん、子供の下駄を買いに行ったんだって？　で、どうだった？　天狗屋の様子は……」

忠助が探《さぐ》るような目をして、おりきを瞠める。

成程《なるほど》、忠助は天狗屋の様子が尋常でないのに気づき、門前町の宿老《しゅくろう》としておりきの意見を聞きに来たということ……。

おりきはいつもの定位置、長火鉢の傍に坐ると、忠助にふわりとした笑みを送った。

「では、近江屋さんはみのりさんが家移《やうつ》りなさることをご存知なのですね？」

夜逃げと言わないところが、いかにもおりきらしい。

「家移り？　ああ、やはり、そういうことだったのか……」

えっと、達吉が目を瞬《しばた》く。

「天狗屋が家移りたァ、一体《いってえ》、それはどういうことで……」

「いや、うちの店衆が言うには、朝っぱらから大八車が二度も高輪《たかなわ》方面に向けて出て行ったというではないか……。それも、箪笥《たんす》やら長持《ながもち》やら家財道具を乗せてよ。あたしは天狗屋が家移りするなんて聞いていなかったもんだから、今ひとつ信じられなかったのだが、そうかえ、やはり家移りをね……。で、どこに移るって？　まさか、本石町に移るわけにはいかないだろうに……。なんせ、済成堂は身代限りとなり人手《ひとで》に渡っちまったというからよ」

忠助が仕こなし顔にそう言うと、達吉が挙措を失った。

「お待ち下せえ！　済成堂が身代限りとは、そりゃ一体《いってえ》どういうことで……。えっ、女将さんはご存知だったんで？」

「いえ、わたくしも先ほど知ったばかりなのですけどね。けれども、近江屋さんまでが知っていらっしゃるとは……。では、済成堂のご内儀が亡くなられたこともご存知なのですか？」

忠助が驚いたようにおりきを見る。

「いや、知りませんでした……。で、それはいつのことなのですか？」

「この夏のことのようです。心の臓の発作で、それは呆気《あっけ》ない死だったとか……」

「この夏……。成程、それで平仄《ひょうそく》が合いました。済成堂の内儀は北の政所《まんどころ》というより、どちらかといえば、大政所《おおまんどころ》のような存在でしたからね。それほどあの旦那は内儀に頼りきっていたそうですから、内儀を失った喪失《そうしつ》を埋《う》めるかのように、それで暴走《ぼうそう》したのかもしれませんね」

「暴走とは？」

達吉が身を乗り出す。

「あたしが聞いた話では、大坂の本店を通さず旦那の一存《いちぞん》で清国の商人から生薬《しょうやく》を大量に買いつけたといいますからね。ところが、船が嵐の海に沈んじまったから堪らない……。済成堂が火の車になったのはそれからだそうで……。本店からは見放されるわ、高利貸しからは追われるわで、目も当てられない……。遂には、本石町の見世が差し押さえになっちまったそうですよ。そこまでは知っていたのですが、では、天狗堂までが人手に渡ることになったのですね？　なんと、みのりさんも気の毒に……。年の瀬も押し迫って、行き場を失うなんてよ」

忠助が蕗味噌《ふきみそ》を嘗《な》めたような顔をする。

おりきは、いえ……、と言いかけ、躊躇《ためら》った。

みのりは自《みずか》ら望んで天狗屋を売却したのである。

それも、市右衛門と二人で出直すために……。

おりきはみのりの切《せつ》ないまでの女心が手に取るように解るだけに、今ここで赤裸々《せきらら》にありのままを話すことを躊躇ったのである。

いずれ本当のことが忠助にも判るとしても、せめて、みのりが市右衛門と手に手を携えて品川宿を後にするまで、目を瞑っていてやりたい。

それは、忠助が宿老であるからこそ、尚《なお》さら思えることなのである。

「それで、現在《いま》、済成堂の旦那はどこに？　身を隠しているのでしょうかね」

達吉がおりきを窺う。

おりきはさっと目を逸《そ》らした。

みのりから直接聞いたわけではないが、恐らく、二人で動いたのでは人目に立つと思い、川崎《かわさき》の宿あたりで落ち合うことになっているのではなかろうか……。

「けど、いずれにしても、みのりさんは旦那の許《もと》に走ることになるのでしょうな。元々、あの二人は鰯《いわし》煮た鍋（離れがたい関係）……。それとも、金の切れ目が縁の切れ目とばかりに、みのりさんは旦那を捨てて新たなる道を歩むのだろうか……。女心と秋の空というし、解らねえからよ、女ごってもんは……」

達吉が皮肉めいた言い方をする。

「大番頭さん！」

おりきがきっと達吉を制す。

胸の中では、遣《や》り切れなさではち切れそうになっていた。

一見、口ではみのりのことを案じているかのように見せて、胸の内では市右衛門とみのりの道行《みちゆき》を興味津々《きょうみしんしん》にひょうらかす達吉に、思わず哀《かな》しくなってしまったのである。

達吉はひょいと首を竦めた。

「まあまあ、おりきさん、大番頭さんは悪気があってちょっくら返したわけではないのだろうから、叱《しか》らないでやって下さいな。あたしもね、余計《よけい》な差出《さしで》をするつもりはないのですが、天狗屋は門前町の組合に名を連ねた見世……。その見世の去就《きょしゅう》に関心を払わないわけにはいきませんからね。だが、今聞いた話では、あたしたちには天狗屋に対してもう何もしてやることが出来ないということですな」

忠助がしみじみとしたように言う。

「さほど永《なが》い付き合いだったというわけではないが、また一人、門前町から顔馴染《かおなじみ》がいなくなるのかと思うと寂しいものですな」

「ええ、本当に……」

忠助は堺屋栄太朗《さかいやえいたろう》や田澤屋伍吉《たざわやごきち》の母おふなのことを言っているのであろう。

だが、新たなる年を目前にして、みのりがひっそりと夜逃げのような恰好で品川宿を出て行くとは……。

けれども、物事は前向きに考えなければ……。

おりきの脳裡《のうり》に、市右衛門のことを、あの男《ひと》、と呼んだみのりの顔が甦《よみがえ》る。

どこかしら、愛《いと》おしさに充《み》ち満ちていたように思う。

みのりは決して挫《くじ》けていないのである。

おりきには、せめてそのことだけが救いのように思えた。

「おや、駒下駄ですか？」

忠助がおりきの傍《かたわ》らに置かれた包みに目を留《と》める。

「ええ、あすなろ園の小さな子にお年玉をと思いましてね。買い求めるつもりで行きましたのに、結句、みのりさんに頂くことになってしまいました」

「ほう……。よい記念になりましたな。ところで、お宅は正月準備は万端《ばんたん》調いましたかな？　うちは今もって天手古舞いですよ」

「近江屋さんは初詣、初日の出の客で毎年正月は賑わいますものね。その点、わたくしどもでは正月三が日はわりと暇ですのよ」

「成程、庶民相手のうちなどと違い、正月を高級料理旅籠で過ごす客が少ないということなのですな」

「たまには旅籠衆《はたごし》にも息を抜いてもらいませんとね……。と言っても、まったく予約がないわけではなく、どの日も二組ほどお請《う》けしていますのよ。それに、暇なのは旅籠だけで、茶屋や彦蕎麦は目も当てられないほどの忙しさですもの、やはり、わたくしは気の休まる間がありません」

「茶屋は初詣客、彦蕎麦はそれこそ今日一日が勝負どき……。やっ、すっかり長居《ながい》をしてしまいました。だが、来て良かったですよ。天狗屋の去就が判っただけでも収穫でした。忙しいところを邪魔して悪かったね！」

忠助は軽く会釈《えしやく》すると、帳場を後にした。

「驚きやしたぜ……。けど、虫の知らせだったんでやすかね？　突然、女将さんが海人や茜に下駄を買う気になって、天狗屋に行かれたんでやすもんね……。事情が判らねえまま、みのりさんに黙って去られたんじゃ、こちとら、寝覚《ねざ》めが悪《わり》ィ……。が、別れを告げることが出来ただけでも、上々と思わなくっちゃ……」

達吉が訳知り顔に、目まじしてみせる。

そこに、板場側から巳之吉が声をかけてきた。

「宜《よろ》しいでしょうか」

夕餉膳《ゆうげぜん》の打ち合わせに来たのであろう。

もう、そんな時刻なのだ……。

おりきは現実に引き戻され、声をかけた。

「お入り」


「じゃ、今宵の強肴《しいざかな》は蟹味噌《かにみそ》ってことでようがすね？」

巳之吉がおりきを瞠める。

「ええ、海鼠《なまこ》と海鼠腸《このわた》の下ろし和《あ》えの先付《さきづけ》に八寸《はっすん》ときて、お造《つく》りが平目《ひらめ》の薄造《うすづく》り、縁側《えんがわ》、伊勢海老《いせえび》で、椀物《わんもの》が蛤真丈《はまぐりしんじょう》……。そして、強肴が蟹味噌ですものね。その後に焼物《やきもの》として鰆味噌幽庵焼《さわらみそゆうあんやき》がきて、蒸物《むしもの》が甘鯛《あまだい》の湯葉《ゆば》蒸し餡《あん》かけ。そして最後が鴨鍋《かもなべ》……。非の打ち所がないですわ。ただ、このお品書を見ますと、春襲《はるがさね》と銘《めい》打ってありますが、これは？」

ああ……、と巳之吉が頬を弛める。

「明日は元旦でやすからね。京にいる頃、芸妓《げいぎ》や舞妓《まいこ》が正月の朝新調した着物を身につけることを春襲というのだと知り、いつか料理にこの名を使ってみてェと思っていたんで……」

「春襲……。なんてよい響《ひび》きなのでしょう。では、正月三が日はこの名で徹《とお》すつもりなのですか？」

「へい。それで、明日の夕餉膳のことでやすが、明日の予約は二組の四人でやす。正月を立場茶屋おりきで過ごしてもらうのだから、せめて、お節《せち》の雰囲気だけでも味わってもらいてェと思い、八寸を小ぶりの重箱《じゅうばこ》に詰めようかと思いやして……」

巳之吉が懐《ふところ》の中から、お品書をもう一枚取り出す。

やはり、ここにも春襲とあり、正月用のお品書が絵つきで書かれていた。

先付　焼き雲子《くもこ》　汲み上げ蒸し銀餡《ぎんあん》かけ
八寸　柚子釜《ゆずがま》　貝柱焼目《かいばしらやきめ》　舞茸《まいたけ》　芹《せり》
　　　胡麻二杯酢《ごまにはいず》
　　　海老雲丹蠟焼《えびうにろうやき》
　　　紅白百合根《こうはくゆりね》きんとん
　　　串差《くしざ》し　絵馬《えま》蒲鉾《かまぼこ》　蛇腹胡瓜《じゃばらきゅうり》

子持若布《こもちわかめ》　慈姑煮《くわいに》　鱲子《からすみ》　千枚漬《せんまいづけ》
以上重箱入り

続いて、造り、椀物、強肴、焼物、炊《た》き合わせ、蒸物と続くのであるがこれらはそれぞれが染付《そめつけ》や塗物《ぬりもの》、焙烙《ほうろく》に盛られている。

その中でも正月らしい演出といえば、焼物の宝楽焼《ほうらくやき》であろうか……。焙烙の中に松葉《まつば》を敷《し》き詰め、その上に、真魚鰹味噌漬《まながつおみそづけ》、鶉肉《うずらにく》の照焼《てりやき》、温玉味噌漬《おんたまみそづけ》、菊花蕪《きっかかぶ》が彩《いろど》りよく盛りつけられているのである。

「まあ、これは……。正月らしく、なんとも華《はな》やかではありませんか！　これなら、お客さまはご自宅で食べるのとはまた違ったお節料理を食べることになりますものね」

「勿論、雑煮の用意もしてありやすんで……」

「では、これでいって下さいな。ところで、旅籠衆やあすなろ園の子供たちが食べるお節の仕度も出来ているのでしょうね？」

「へい。それは榛名《はるな》さんやおうめさんといった女衆が、朝からかかりっきりで……」

巳之吉が辞儀をして板場に戻ろうとする。

おりきは達吉がその場にいないのを確かめると、咄嗟《とつさ》に、お待ち、と言った。

立ち上がりかけた巳之吉が、えっ、と驚いたようにおりきを見る。

「何か……」

「いえ、お礼を言いたいと思いましてね。今年も一年を通してよく頑張ってくれました。巳之吉の料理を愉《たの》しみに来て下さるお客さまのことを思うと、本当に頭が下がる想いでいますのよ。有難うね。来年もわたくしの片腕となって励んで下さいね」

おりきが深々と頭を下げると、巳之吉は狼狽えた。

「止《よ》して下せえよ、女将さん……。あっしが女将さんの片腕になるのは当たり前《めえ》のこと……。あっしは生涯《しようげえ》女将さんの傍を離れるつもりはありやせんので……」

巳之吉が照れ臭そうに言う。

その瞬間、二人の視線が絡まった。

おりきの心の臓がきやりと高鳴る。

巳之吉は優《やさ》しい眼差《まなざ》しでおりきを包み込むと、じゃ、あっしはこれで……、と頭を下げ、帳場を出て行った。

「へえェ、そうだったんでやすか。こうめさんがお産をね……」

「いや、まだ生まれたわけじゃねえんだ……。現在《いま》、その真っ最中なのよ」

玄関口のほうから、達吉と亀蔵の話し声が聞こえてくる。

えっ、確か、今、お産と……。

おりきが慌てて腰を上げかけると、二人が帳場に入って来た。

「おっ、おりきさん、茶をくんな！　一体《いってえ》なんでェ、あの人出《ひとで》は……。除夜の鐘には
まだ五刻《いつどき》（十時間）もあるってェのによ。喉《のど》がからついいちまって、やってられねえ
や！」

亀蔵が気を苛ったように長火鉢の傍に寄って来るや、どかりと胡座《あぐら》をかく。

「親分、今、お産と聞こえましたが、では、こうめさんが？」

おりきが茶の仕度をしながら訊ねる。

「ああ、昼前《ひるめえ》に腹が痛むと言い出してよ」

「けれども、まだ少し早いのでは……」

「それよ……。こちとら、てっきり七草の頃と思ってただろ？　ところが、大事を取
って産婆を呼びに行かせてみると、陣痛微弱だそうでよ。つまり、じわじわ、じわじ
わ、お産が迫っているってことでよ」

「まあ……。親分、傍についていなくてよいのですか？」

おりきが長火鉢の猫板《ねこいた》に湯呑《ゆのみ》を置き、亀蔵を窺う。

「そりゃ、ついていてェさ！　ところが、今日は俺も忙しくてよ。よりによって、こうめもこんな日に産気《さんけ》づくこたァなかろうにと思うのによ……。産婆の話じゃ、生まれるまでまだ暫くかかりそうだと言うもんだから、ずっと傍についているわけにはいかなくてよ……」

「そいつァ、親分も気が揉《も》めるってもんで……。けど、大丈夫《でえじょうぶ》なんでしょうかね？　幾富士《いくふじ》のときみてェに、万が一ってことはねえんでやしょ？」

達吉がそう言うと、亀蔵はカッと目を剝いた。

「置きゃあがれ！　幾富士のときのようなことがあって堪るかってんだ……。産婆がときはかかるかもしれねえが、胎児《たいじ》は元気だし、逆子でもねえと言ってるんだ。少しでもおかしいと思えば、産婆も素庵さまのところに連れて行けと言うが、その必要がねえから、現在《いま》、陣痛を促す灸をすえたり薬を飲ませたりしてるんだからよ。あとは神仏に祈るよりほかねえだろうが！」

亀蔵の剣幕《けんまく》に、おりきが慌てて割って入る。

「大丈夫ですよ。たまに、お産に一昼夜《いっちゅうや》、いえ、それ以上かかることがあると聞きますし、産婆ばかりか、おさわさんもついていて下さるのですもの、そんなふうに気を苛つものではありませんわ」

「俺が気を苛ってるってか？　てんごうを！　大番頭が莫迦なことを言うもんだから、ついムカッとしただけでよ。お産なんて、犬でも猫でもするもんだ。俺ャ、そう思って、心配《しんぺえ》してねえからよ。おっと、こんなところで油を売ってる場合じゃなかったんだ……。おっ、馳走《ごち》になったな！」

亀蔵が茶をくびりと飲み干すと、せかせかと立ち上がる。

が、思い出したようにおりきを見ると、

「そうだった！　おめえに頼みがあってきたんだった。さっき話したように、今宵は八文屋がお産に手を取られて二進も三進もいかねえ……。そんなところにみずきに帰《けえ》られても困るんで、こうめのお産が済むまで、あすなろ園で預かってもらえねえかと思ってよ。俺から直接貞乃《さだの》さまに頼めばいいんだろうが、先を急ぐんでよ……。悪《わり》ィが、おりきさんから頼んでもらえねえだろうか」

と、気を兼ねたように言う。

「ええ、お安いご用ですわ。今宵は、みずきちゃんをあすなろ園に泊《と》めることにします。みずきちゃんも他の子供たちと一緒に正月を迎えることが出来、さぞや悦ぶことと思いますわ」

「じゃ、頼んだぜ」

亀蔵が大股《おおまた》に帳場を出て行く。

おりきは達吉と顔を見合わせた。

どちらからともなく、微笑《ほほえ》みが洩《も》れる。

「無事に生まれてくれるとようがすね」

「大丈夫ですよ。確か、おさきさんという産婆さんは、灸治療や鍼治療《はりちりょう》も学ばれたそうで、その方がついておられるのですから安心です。わたくしも先《せん》に聞いたことがあるのですけど、安産のツボといわれる三陰交《さんいんこう》に米粒大《こめつぶだい》の小灸《しょうきゅう》を三十回から五十回すえると、微弱だった陣痛に活気が出て来るそうです」

「三陰交とは……」

達吉が訝しそうな顔をする。

「内踝《うちくるぶし》から指四本分上がったところに三本の陰《いん》の経路《けいろ》が交《まじ》わっていましてね。そこに灸をすえるのですよ。そして、陣痛が早まり息みに入ってくると、今度は関衝《かんしょう》といって薬指の外、爪の生《は》え際より少し下に灸をすえるのですよ」

「なんで女将さんはそんなことを知っていなさるんで？」

おりきはふっと頬を弛めた。

「国許《くにもと》で父が柔術師範《じゅうじゅつしはん》をしていましたでしょう？　わたくしもほんの少し柔術を齧《かじ》っ

たものですから、身体の仕組みを学ぶために鍼灸《しんきゅう》のことも少しばかり……。現在《いま》では殆《ほとん》ど忘れてしまいましたがね」

達吉が感心したように目を瞠《みは》る。

「やっぱ、女将さんは他人《ひと》とは違う！　女ごらしい茶道《さどう》や華道《かどう》ばかりか、男でもやり熟《こな》せねえ柔術や鍼灸の知識まであるんだからよ……。こりゃ、巳之吉が惚《ほ》れ込むのも頷けるってもんでェ！」

「まあ、何を言い出すのかと思ったら……。達吉、冗談をいうのも大概《たいがい》にして下さいな！」

おりきの頰にぽっと紅葉《もみじ》が散る。

「ほれ、紅くなった！　けど、冗談なんかじゃありやせんぜ。いい加減、はっきりしてやらねえと、巳之吉が可哀相《かえいそう》だ……。先《せん》にも女将さんに言ったと思うが、俺ャ、先代の女将に片惚《かたぼ》れしてやしてね。先代には兆治《ちょうじ》という好いた男がいなさったが、その男が死んでからというもの、何度、先代に想いを打ち明けようと思ったことか……。結句、一度も打ち明けることなく先代に先立たれちまったが、俺ャ、現在《いま》でも打ち明けられなかったことが悔いとなって残っていてよ……。その点、女将さんと巳之吉の場合は片惚れじゃねえんだからよ。実際に所帯を持つ持たねえは別としても、想いだけは伝えてやるべきなんじゃ……。そうすりゃ、巳之吉も安心して、ますます仕事に励みが出ると思うからよ。あっ、済みやせん。つい出過ぎたことを口走っちまって……」

達吉が首を竦める。

「有難うよ。けれども、口には出さずとも、想いは伝わっていますのでね……」

つい今し方、巳之吉とおりきの間で絡まった視線……。

言葉にしなくても、おりきの気持はもう充分伝わっているのである。

「ヘン、言葉にしねえで、何が伝わるもんかよ！」

達吉はそう言い、言いすぎたと思ったのか、再び首を竦めた。

「ええ、解っていますとも、そのうちね……」

おりきは挙措を失い、貞乃にみずきを今宵あすなろ園に泊めることを伝えるので、と言い、逃げるようにして帳場を出て行った。

こうめが女児を産んだのは、年が明けた八ツ（午前二時）頃であった。

随分《ずいぶん》と時間がかかったわりには、こうめは赤児《やや》の産声《うぶごえ》を聞くや生気《せいき》を取り戻し、赤児《やや》も丸々と太った元気のよい娘《こ》だった。

板場で待機していた鉄平が、興奮したように産褥に飛び込んで来る。

「でかしたぜ、こうめ！　男か、女ごか？」

「生憎《あいにく》、オチンチンはついていないようだね」

おさわがそう言うと、こうめが申し訳なさそうに鉄平を見る。

「ごめんよ、男の子でなくて……」

「何言ってるんでェ！　俺ャ、男の子を欲《ほ》しいなんて思ったことは一遍もねえ……。女ごの子のほうが可愛《かわい》くて、どんなにいいか！」

「ほらほら、感激するのはいいけど、湯は沸いてるんだろうね？　これから産湯《うぶゆ》を使わせなきゃならないんだから、早く仕度をしておくれ！」

おさわが情け容赦《ようしゃ》なく鳴り立てる。

鉄平は慌てふためいたように板場に戻り、盥《たらい》に湯を張り、湯加減《ゆかげん》を確かめる。

「ああ、済まないね。赤児《やや》はあたしが世話をするから、おまえは大急ぎでおさきさんの夜食を作ってくれないかえ？　そうだね、年も明けたことだし、雑煮はどうだろう……。それに、お節にと思って、昨日、黒豆や田作《たづくり》、慈姑、昆布《こぶ》巻《まき》といったものを作っておいたから、蒲鉾を切ったり、千枚漬を添《そ》えて簡単な祝膳《いわいぜん》を作ってくれないかえ?」

おさわに言われ、鉄平がいそいそと祝膳の仕度を始める。

「あたしのことはお構いなくと言いたいところだけど、こんな時刻だし、今から芝九丁目に戻っても何も食べるものがないんでね……。じゃ、遠慮なく頂いて帰ることにするよ」

「今から戻るのは物騒《ぶつそう》だから、おさきさん、食事が済んだら、夜が白《しら》むまでひと眠りしていくといいよ」

おさわが器用な手つきで赤児《やや》に産湯を使わせながら言う。

「今宵は初詣客で表は賑わっているだろうけど、そうだね、少し疲れたんでそうさせてもらおうか……。おお、おお、良い娘《こ》じゃないか。正月と共に生まれてくるなんて、なんて幸運な娘《こ》なんだろう！　おさわさん、産着《うぶぎ》の用意は出来てるんだろうね」

「ええ、食間の隅《すみ》の乱れ箱に一式《いっしき》揃えてありますんで……」

そうして、産褥に使った食間が瞬く間に元の形に戻され、現在《いま》、こうめは食間の隅に堆《うずたか》く積み上げられた蒲団に、寄りかかるようにして坐っている。

子を産んだばかりの女ごは、出産後一廻《ふたまわ》り（二週間）から三廻《みまわ》り（三週間）の間はこうして坐ったままでいなければならない。

横になって寝ると血が上がる、血が乱れるといわれ、血が上がらないようにと頭や首に麻紐《あさひも》を巻く風習もあった。

また産婦《さんぷ》には食べるものにも禁忌《きんき》が多く、産後暫くは粥《かゆ》に鰹節、梅干《うめぼし》といったものや、母乳の出を促すために鯉濃《こいこく》などが称賛《しょうさん》されたのである。

「なんだか悪いね。こうめさんが粥しか食べられないのにさァ……」

おさきは気を兼ねたようにこうめをちらと窺ったが、気を兼ねているわりには箸《はし》の勢いは一向《いっこう》に衰《おとろ》えず、鉄平の心尽《こころづ》くしの祝膳を食べている。

「美味いね、この黒豆！　ふっくらとしていて柔《やわ》らかく、しかも甘すぎないのがまたいいよ。これまでいろんな人が作った黒豆を食べてきたけど、おさわさんの黒豆が一番だ！」

「そりゃそうさ！　煮物にかけてはおばちゃんの右に出る者はいないんだからさ」

どうやら、こうめも元気が戻ったとみえ、粥を啜《すす》りながら言う。

「いいなァ、あたしもお節を食べたいよ……。本当は七草の頃に生まれてくるはずだったのにさ。恨《うら》んじゃうよ、この娘《こ》を！」

こうめが隣に寝かされた赤児《やや》を恨めしそうに見る。

「何言ってんだよ。元旦に生まれてくるなんて、縁起のよい娘《こ》じゃないか！」

おさわがそう言うと、鉄平が割って入ってくる。

「夜が明けたら、俺、鯉を見つけてくるよ。もう少し待っていな。美味《うめ》ェ鯉濃を作ってやるからよ！」

「けど、正月は魚河岸《うおがし》が休みだろうに……」

「品川中を駆けずり廻ってでも見つけてくるよ。幸い、八文屋は休みだしよ」

「まっ、なんて優しい亭主なんだえ！　じゃ、そろそろお雑煮を作ろうかね」

「じゃ、俺も……」

おさわと鉄平が板場に戻って行く。

八文屋の雑煮は鰤《ぶり》や野菜が数種類はいった清《す》まし仕立てである。

おさわが大根《だいこん》、人参《にんじん》、椎茸《しいたけ》、水菜《みずな》、油揚《あぶらあげ》を切り、鉄平が正月用に仕入れた鰤を下ろしていく。

「みずきちゃん、あすなろ園でお利口《りこう》にしてるだろうか……」

おさわがぽつりと呟く。

「俺が八文屋の一員となってからというもの、あの娘《こ》がここにいなかったのは、一年前《めえ》、大火傷《おおやけど》をしたあのときだけだもんな……。なんだか、いつもいる者がいねえとこんなにも寂しいものかと思ってよ……」

「ああ、あれからもう一年が経つんだね。そう考えてみれば、この一年、実にさまざまなことがあったんだね……。陸郎の死後、あの子の墓守《はかもり》をするために小石川に行き、二度と品川宿には戻らないと決めたあたしが再び戻って来ることになったし、みずきちゃんには妹が出来たんだもんね」

「俺、正な話、生まれてきたのが女ごでよかったと思ってるんだ……。これまでは親分があんまし男の子男の子と、いかにも男の子でなきゃ駄目みたいなことを言うもんだから黙ってたけど、俺、みずきのことを思うと、女ごの子のほうがいいと思ってたんだ……」

「男の子だと、親分がその子に夢中になって、みずきちゃんが僻《ひが》むかもしれないと思ってかえ？」

「だって、こうめの腹が前に突き出たから男の子に違《ちげ》ェねえと浮かれる親分を見ていると、本当に男の子が生まれたら、これはもう、目も当てられねえことになるんじゃねえかと思ってさ……。それでは、これまで目の中に入れても痛くねえほどの可愛がり方をされてきたみずきが僻むのは目に見えているからよ。それに、この俺だって、分け隔《へだ》てしねえつもりでいても、男の子だとどうしても育て方に差が出ちまうだろ？

その点、女ごの子なら、何をするにも、まず年長のみずきを立てることになるからよ。それで、叶《かな》うものなら、女ごの子をと思ってたんだ……」

「鉄平、偉い！　おまえがそこまで考えていたとはね。実をいえば、あたしも同じことを考えていたんだよ。けど、親分のあの燥《はしや》ぎようを見ていたら、女ごの子のほうがいいとは言えなくってさ……。それで、鰤は下ろせたかえ？　下ろせたらブツ切りにして、さっと湯に潜《くぐ》らせて霜降《しもふ》りにしておくれ。清まし汁のほうは出来たから、餅を焼かなきゃね。取り敢えず、一人二個として、足りなきゃ、あとでまた焼けばいいんだもんね……」

おさわが独《ひと》りごちながら、諸蓋のほうに寄って行く。

が、水甕の傍に置いた供物の皿を見て、目を点にした。

「鉄平、これ見なよ……」

「えっ、なんですか？」

「だから、ほら、これだよ！」

鉄平が怪訝《けげん》な顔をして寄って来る。

すると、おさわが口をあんぐりと開け、供物の皿を指差しているではないか……。

「これがどうかしやしたか？　親分が鼠に供えた……、あっ……」

鉄平が目をまじくじさせる。

なんと、鼠に供えた餅の端《はし》っこが齧《かじ》られているのである。

「鉄平、おまえ、何かしたかえ？」

「俺？　天骨《てんこち》もねえ！　俺が鼠に供えた生の餅を齧ったとでも？　てんごういうのも大概《てえげえ》にして下せえよ……」

鉄平が大仰《おおぎよう》に手を握り否定する。

が、次の瞬間、あっと息を吞み、おさわを見据《みす》えた。

「てことは、鼠……」

「嫁が君が現れたってこと……」

二人が狐憑《きつね》きにでもあったかのような顔をして、頷き合う。

「じゃ、こうめちゃんが鼠を見たって言ったのは本当だったってこと？」

「しかも、元旦の朝に現れて、ちゃんと供物を食ってくれたんだもんな！」

「こうめちゃんが鼠を目にしたのは大晦日の昨日だよ。てことは、鼠は赤児《やや》が生まれることを知らせるために姿を現し、生まれた今日、祝いのつもりで餅を齧ってくれたってこと……」

「ああ、まったくでェ……。俺ャ、親分から嫁が君の話を聞いたときには信じられなかったが、今なら、信じるぜ！」

「ああ、親分は一体何をしてるんだろ……。早く帰って来ればいいのにさ！」

「もうすぐ夜が明けやすからね。おっつけ戻って来られるんでは……。大方、今頃は、帰《けえ》ったら赤児《やや》の顔が見られるってんで、そわそわと落着かねえんだろうがよ」

「ふふっ、待望《たいぼう》の男の子じゃなくて、女ごの子なんだけどさ！」

「親分、どんな顔をするんだろうか……。男の子じゃなくて、がっかりするかもしれねえと思うと、俺ャ、どうしたらいいんだか……」

鉄平が心細い声を出す。

「なァに、悦ぶに決まってるさ！　男の子、男の子と騒いでいたけど、本音《ほんね》をいえば、母子共々に息災《そくさい》なら、男だろうが女ごだろうが、親分は悦ぶに決まってるんだからさ」

おさわの軽やかな声が板場に響く。

その頃、亀蔵は三田八幡宮《みたはちまんぐう》の見廻りを終え、下っ引きの金太と利助を引き連れ、帰《き》路《ろ》についていた。

そして、朝日を背に受けて、成覚寺《じょうかくじ》の前を通りすがったときである。

「クシュン！」

亀蔵が大きく嚔《くさみ》をした。

「親分、風邪を引いちまったんじゃ……」

亀蔵の後をちょこまかとついて来ていた、金太が声をかけてくる。

「止してくんな！　風邪なんて願《ねげ》ェ下げだ」

「じゃ、誰かに噂《うわさ》されたんだ！」

利助が言う。

「一褒《ほ》め、二くさし、三に風邪っていうからよ。今の嚔は一つだったから、親分、誰かに褒められたんでやすぜ！　あっ、それとも、待望の男の子が生まれたとか！」

金太がお髭《ひげ》の塵《ちり》を払うような言い方をすると、亀蔵は脚を止め、芥子《けし》粒《つぶ》のような目を見開いた。

「四の五の、歯が浮くようなおべんちゃらを言うもんじゃねえや！　正月早々、御座《おざ》が冷《さ》める（しらける）ってもんでェ……。さっ、とっとと帰《けえ》るんだ。ひと眠りしたら、午後から、品川宿の見廻りだからよ！」

亀蔵は赤児見たさに逸《はや》る心を抑《おさ》えようと、取ってつけたように下っ引き二人を鳴り立《や》てた。

鬼やらひ

おりきは亀蔵《かめぞう》のでれりと脂下《やにさ》がった顔を見てくっと肩を顫《ふる》わせた。

「なんでェ、何か言いてぇのかよ！」

亀蔵が芥子《けし》粒《つぶ》のような目をかっと見開く。

「だって、親分が赤児《やや》のことを話すときの顔といったら、ついこの間まで、次に生まれてくる子は男の子に決まっている、いや、男の子でなきゃ駄目なんだと力説していた親分が、今にも蕩《とろ》けそうな顔をして赤児《やや》のことを話すんですもの……」

亀蔵は手にした湯呑《ゆのみ》を長火鉢《ながひばち》の猫板《ねこいた》に戻した。

「俺がいつ男の子でなきゃならねえと言った？　てい、てんごう言うのも大概《てえげえ》にしてもらいてぇぜ！　みずきが女《おな》ごの子だから、次はどちらかと言えば男の子がいいと言っただけで、男でなきゃならねえとは、口が裂《さ》けても言っちゃいねえんだからよ！」

「あら、そうでしたかしら……」

おりきは可笑《おか》しさを噛《か》み殺し、亀蔵の湯呑に二番茶《にばんちゃ》を注《つ》いだ。

喉元《のどもと》過ぎればとはよく言ったもので、亀蔵はこうめがみずきを産《う》んだときに比べると、どこかしら面差《おもざ》しがきつくなっただの、お腹《なか》が前に突き出ただのと言って、これは間違いなく男の子だと断言したのをすっかり失念しているのである。

「けどよ、女ごの子って可愛《かわい》いよな？　まるで搗《つ》きたての餅《もち》みてェに柔《やわ》らけェ頰《ほっ》ぺをしていてよ。指を差し出すと、ぎゅっと握《にぎ》り締《し》めてくれるのよ。それに、みずきのときに比べて、今度の娘《こ》の手のかからねえことときたら……。オッパイを飲むとき以外《いげえ》はいい子して眠り、夜泣きをして皆を困らせるってこともねえんだからよ……。それに比べると、みずきはよく泣いたっけ……。それなのに、こうめはおたおたするばかりで埒《らち》が明かねえ！　それで、おさわが夜の目も寝ずに抱いてあやしていたが、今思うと、みずきは生まれたときから小柄《こがら》で、しかも身体《からだ》も弱かったんだろうて……。おまけに、癇《かん》の強《つえ》ェ娘《こ》でよ。風邪《かぜ》引きだの麻疹《はしか》だのとしょっちゅう熱を出すもんだから、その都度《つど》、おさわが夜っぴて看病してよ。俺は気の休まる暇もなかったが、まっ、それだけに愛《いと》しさも募《つの》るってもんでよ……」

亀蔵の話はいつの間にかみずきへと移っていた。

正《まさ》な話、おりきは少しばかりほっと安堵《あんど》したのである。

と言うのも、皆の関心が赤児《やや》にばかり集まったのでは、みずきが寂《さみ》しい想《おも》いをするのではないかと危惧《きぐ》していたからである。

が、亀蔵に関してはどうやらその心配はないようである。

だが、こうめや鉄平はどうなのであろう……。

おりきがそう思うのは、昨日、みずきが自分の父親《てておや》はどんな男《ひと》だったのだろうか、とおいねを相手に話しているのを耳にした、と貞乃《さだの》から聞いたからなのである。

みずきはおいねに訊《たず》ねたという。

「おいねちゃん、おとっつァんの顔を憶《おぼ》えてる？」

おいねはちょいと首を傾《かし》げ、頷《うなず》いた。

「憶えてるよ。おとっつァんは病《やまい》でずっと寝たきりだったけど、おとっつァんが死んだのはあたしが四歳のときだったから、はっきりと憶えているよ」

「ふうん……。あたしはおとっつァんの顔を知らないんだ。あたしが生まれてすぐに死んじまったから……。あたし、おとっつァんとおっかさんのどっちに似てるんだろう。ねっ、あたし、おっかさんに似てると思う？」

さあ……、とおいねは再び首を傾げた。

「だって、あたし、みずきちゃんのおっかさんに逢《あ》ったのは、一度きりなんだよ……。それも、みずきちゃんをあすなろ園に送ってきたところをちらと見ただけだもの、判《わか》んないよ。けど、なんでそんなことを訊《き》くのさ！」

「夕《ゆん》べ、おっかさんとおとっつァんが赤ん坊に屈《かが》み込むようにして、目許《めもと》はおっかさん似だけど、鼻や口はおとっつァん似だよねって話してたんだ……。それで、あたしはどっちに似てるんだろうかと思ってさ……」

貞乃は二人の会話を耳にして、割って入るべきかどうかと悩んだという。

すると、おいねが続けた。

「どっちに似てたっていいじゃないか！　あたしだって、あたしを産んだおっかさんの顔を知らないんだよ。でも、物心ついたときから現在《いま》のおっかさんが傍《そば》にいてくれたんだもの、顔は似ていないけど、それでもいいんだ！　だって、あたしはおっかさんがいっち好きなんだもん！」

「あたしだって、鉄平《てっぺい》おとっつァんは好きだよ。でも、赤ん坊だけおとっつァんに似てるのかと思ったら、ちょっと癪《しゃく》じゃないか！」

「仕方がないじゃないか！　現在《いま》のおとっつァんは本当のおとっつァんじゃないんだもの。けど、可愛がってくれるんだろ？　だったら、いいじゃないか！　みずきちゃんなんか、おとっつァんやおっかさんばかりか、じっちゃんやおばちゃんまで傍についていてくれるんだもの、いいよ……。あたしにもばっちゃんがいたけど、去年死んじまっただろ？　だから、現在《いま》はおっかさんただ一人だよ……。けど、おせんちゃんや勇坊《ゆうぼう》たちには誰もいないんだもんね。それに比べると、あたしは幸せだと思ってるよ！」

貞乃はおいねの言葉を聞いて、やれと胸を撫《な》で下ろし、子供の会話に口を挟《はさ》むのは止《よ》そうと思ったそうである。

おりきは貞乃からその話を聞き、妹が生まれたことで、みずきの心が複雑に揺《ゆ》れていることを知ったのだった。

みずきも年が明けて、はや八歳……。

みずきは生まれて間なしに父親《てておや》を失い、と言うか、母のこうめが妻子持ちの男の子を宿し、お腹に赤児《やや》が出来たと知った途端《とたん》に男に捨てられてしまったのであるから、端《はな》から父親《てておや》はいないのも同然……。

それが、みずきが五歳のときにこうめと鉄平が祝言《しゅうげん》を挙《あ》げ、それで初めて、みずきはおとっつァんというものが持てたのである。

それ故《ゆえ》、みずきの中で、これまで子が親に似るという感覚は、まったく以《もっ》てなかったといってもよいだろう。

が、聞くとはなしに耳に入った、こうめと鉄平の会話……。

目許はおっかさん似だけど、鼻や口はおとっつァん似だよね……。

じゃ、あたしは誰に似ているのだろうか……。

恐らく、そこで初めて、みずきの中で、亡くなった父親《てておや》の存在が浮き彫《ぼ》りになったのであろう。

無論《むろん》、これまで、こうめも亀蔵もみずきに父親《てておや》のことを話していなかった。話せるわけがないのである。

何しろ、当時青菜屋《あおなや》の入り婿《むこ》だった伸介《しんすけ》という男は、こうめばかりか他の女ごとも理《わり》ない仲となり、遂《つい》には、見世《みせ》の金を持ち出し女ごの許《もと》に走ったばかりか、修羅《しゅら》の焔《ほのお》に燃えた女房に刺殺されてしまったのであるから、幼いみずきに本当のことが話せるわけがない。

いずれ、みずきが物事の解《わか》る年頃となったとき、口さがない連中の口から伸介のことが耳に入るかもしれないが、そのときはそのときのこと……。

亀蔵たちはそう思っていたのである。

だが、ここに来て、みずきが実の父親《てておや》に関心を持つとは……。

大人が何気なく放った言葉であっても、幼な心は大いに揺さぶられ、堪《たま》らなく不安になってしまうのであろう。

「わたくし、少しばかり安堵しましたわ」

おりきがそう言うと、亀蔵はとほんとした。

「………」

「いえね、実をいえば、赤児《やや》が出来て皆の関心が赤児《やや》にばかり集まると、みずきちゃんが寂しく思うのではないかと案じていましたの。けれども、親分の話を聞いていますと、赤児《やや》の話をしていたかと思うと、いつの間にか、みずきちゃんの話題に換《か》わるのですものね……。それだけ、親分にはみずきちゃんが大切ということなのですよね？」

「当た棒よ！　何年、みずきのじっちゃんをやっていると思うんでェ！　ああ、みずきは可愛い……。あいつの生《お》い立ちを考えてみな？　父《てて》なし子として生まれたばかりか、ひ弱な身体に生まれちまってよ……。おまけに、こうめの戯《たわ》けに大火傷《おおやけど》まで負《お》わされたんだからよ！　俺が護《まも》ってやらねえで、誰があいつを護ってやれると思う？　今度生まれた娘《こ》には、生まれたときから双親《ふたおや》が揃《そろ》ってるんだ。しかも、丸々と太った娘《こ》でよ。あいつは放《ほう》っておいても無事に育つってもんでよ。しかも、ありゃ鉄平に似たんだろうな。赤児《やや》のくせして、分別臭《ふんべつくせ》ェというか、実に穏《おだ》やかだ……。けどよ、俺《おり》ャ、少々気性《きしよう》が荒ェ女ごが好きなのよ。おりきさん然《しか》り、幾千代《いくちよ》然り……。なよなよした女ごより、小股《こまた》の切れ上がった女ごのほうがどれだけいいか！　俺ャ、みずきもそうなると読んでるのよ。と言うのも、みずきが火傷を負ったときのことを考えてみな？　あいつは身体ばかりか心まで疵《きず》を負い、未《いま》だに肩から腕にかけての傷跡《きずあと》が消えちゃいねえというのに、見事に立ち直ったからよ。何より、あいつを偉《えれ》ェと思うのは、終《つい》しか、おっかさんを責めようとしなかったことでよ……」

亀蔵はみずきのことが愛《いと》おしくて堪《たま》らないといった表情をしている。

おりきは目を細めた。

「それで、赤児《やや》の名前はもう決まりましたの？　確か、明日がお七夜《しちや》に当たるのでは……」

「おっ、そのことなんだがよ。みずきのときはおりきさんに名付け親になってもらっただろ？　こうめが此度《このたび》もおりきさんに頼めねえだろうかと言うんだが、どうだろう？」

「わたくしに？　それは構いませんが、此度は親分がおつけになってはいかがでしょう」

「俺？　天骨《てんこち》もねえ！　俺が今度の娘《こ》に名をつけたんじゃ、みずきが僻《ひが》むじゃねえか……。よし、解った！　鉄平につけさせよう。あいつが父親《てておや》なんだから、それが当然ってもんでよ。俺とおりきさんは一心同体《いっしんどうたい》！　てこたァ、みずきの名は俺がつけたのも同然……」

亀蔵は満足そうに小鼻をぷくりと膨《ふく》らませた。

すると、そこに、あすなろ園のほうから、子供たちの歌声が聞こえてきた。

「七草《ななくさ》なずな　唐土《とうど》の鳥が日本の国へ　渡らぬ先に　ストントン　ストントン……。

七草なずな　唐土の鳥が日本の国へ……」

七草囃子《ななくさばやし》のようである。

これから貞乃とキヲが子供たちを連れて若菜摘《わかなつ》みに行こうとしているところか、それとも、たった今帰ってきたばかりのところか……。

「七草なずな　唐土の鳥が日本の国へ　渡らぬ先に　ストントン　ストントン……」

「おっ、ありゃ、みずきの声だ！　なんと、みずきの声が一番よく通るじゃねえか！」

亀蔵がでれりと締《し》まりのない顔をして、連子窓《れんじまど》に寄って行く。

おりきはふふっと肩を揺すった。

爺莫迦《じじばか》もここまで来れば、見事というほかないだろう。

「やっぱり、中食時《ちゆうじきどき》が終わったら、一旦暖簾《のれん》を中に仕舞《しま》って、夕餉客《ゆうげきやく》が来る七ツ半（午後五時）前に再び出すことにしないかえ？　そうでもしないと、夕餉の仕込みも出来ないし、こうめちゃんや赤児《やや》の世話も出来ないからさ」

おさわが洗い場でせかせかと食器を洗いながら、気を苛《いら》ったように言う。

「けど、八文屋《はちもんや》はいつ客が来てもいいように、口切《くちきり》（開店）から山留《やまどめ》（閉店）まで見世《みせ》を閉めちゃならねえとこうめに言われてるんで……。なんでも、それが八文屋を立ち上げたこうめの姉さんからの教えだそうで……」

鉄平が困《こう》じ果てたような顔をする。

「そりゃ解ってるさ。けど、状況が変わったんだから仕方がないじゃないか！」

「やっぱ、暫《しばら》くの間、見世《す》を助けてやろうというおまきさんの申し出に甘えたほうがよかったんじゃ……」

「何を莫迦《ばか》なことを言ってんのさ！　おまきさんには四人の子がいるんだよ。上のお京《きよう》ちゃんはいいとしても、末の子は三歳になったばかりだもの、放っておくわけにはいかないじゃないか！　そりゃ、こうめちゃんのお産《さん》のときは親分に呼ばれたものだから来てくれたよ。一日くらいなら、お京ちゃんにも下の子供たちの世話が出来るからね。けど、毎日となると、そういうわけにはいかない……。それに、おまきさんの話では、お京ちゃんと幸助《こうすけ》ちゃん、和助《わすけ》ちゃんの三人は、この初午《はつうま》から近所の手習指南所に束脩《そくしゅう》を入れるというからね。そうなれば、太助《たすけ》ちゃんの世話をするのはおまきさん以外にはいないってことになるんだよ」

「参ったな……。こうめに抜けられても、おばちゃんと二人で見世を廻《まわ》していけると思ったんだが、こう客が多くてはおてちん（お手上げ）でェ……。おばちゃんが小石《こいし》川《かわ》に行って、俺とこうめの二人で見世を廻していた頃はなんとかいけたんだが、してみると、おばちゃんの味に惹《ひ》かれて客の数が増えたってことになるんだな」

「なんだえ、迷惑《めいわく》かえ？」

「滅相《めっそう》もねえ、迷惑だなんて！　赤児《やや》が生まれてこれからますます物入りってときに、有難《ありがて》ェ話なんだ。けど、人手が足《た》りねえのは事実だし、そうなると、やっぱ、おばちゃんが言うように昼餉と夕餉の間は暖簾を仕舞うよりほかねえんだろうな……」

鉄平がそう言うと、おさわが何やら思いついたとばかりに洗い物の手を止め、鉄平を見る。

「貼紙《はりがみ》を出してみるかえ？　小女《こおんな》求むって……」

「貼紙？　だったら、口入屋《くちいれや》に斡旋《あっせん》してもらったほうがいいんじゃなかろうか……。それなら、身許《みもと》の確かな人を廻してもらえると思うけど……」

「口入屋ねえ……。けど、口入屋を通すと仲介料《ちゆうかいりよう》を取られるし、決まるまでに日にちがかかりそうだ……。なに、案じることはないさ！　この界隈《かいわい》で、八文屋が亀蔵親分の見世ということを知らない者はいないんだからさ。素性《すじよう》の知れない妙な者が来るわけがない……。ほらほら、思い立ったが吉日《きちじつ》だ！　鉄平、紙と硯箱《すずりばこ》を持っておいで！」

おさわにせっつかれ、鉄平が食間に入って行く。

小女を雇《やと》えばお運びを委《まか》せることになり、おさわは板場仕事の合間をみて、こうめや赤児《やや》の世話が出来るというもの……。

正な話、襁褓《おしめ》や産着《うぶぎ》が増えただけで洗濯物の量も半端《はんぱ》ではなく、あまりの忙しさに、おさわはみずきをつい蔑《ないがし》ろにしてしまうのが何より気懸《きが》かりなのだった。

みずきのことは亀蔵も鉄平も気にしているようなのだが、亀蔵にはお務《つと》めがあり、鉄平もおさわに負けず劣《おと》らず忙しさに汲々《きゆうきゆう》としているのである。

そして、こうめはと言えば、赤児《やや》のことで筒一杯《つついつぱい》……。

しかも、まだ暫くは厠《かわや》に行くとき以外は坐《すわ》っていなくてはならないときて、とても、みずきの相手をしてやれない。

せめて、赤児《やや》が眠っているときくらいみずきの相手をしてやればよいのだが、こうめの口から出るのは、手習はどこまで進んだのか、声が大きい、癇に障《さわ》るので少し静かに話せ、なんでおまえはそんなにがさつなのか、と小言八百《こごとはっぴゃく》に利《り》を食うようなことばかり……。

これではみずきがいじけるばかりで、おさわが見るところ、昨日辺りから、みずきがこうめに寄りつこうとしないのである。

「こうめちゃん、駄目じゃないか！　それでなくても、みずきちゃんは赤児《やや》におっかさんを取られたと思っているというのに、そんなに小言ばかり言ってたんじゃ、あの娘《こ》、本当にいじけてしまうよ」

おさわがそう諫言《かんげん》すると、こうめはひょいと肩を竦《すく》めた。

「解ってるさ。けど、これまでは見世が忙しくて、あの娘《こ》がすることにいちいち目くじらを立てる余裕《ゆとり》もなかったんだけど、こうしてあの娘《こ》の傍にいることが多くなると、つい、アラが目についちまってさ！　けど、良かれと思って言ってやってるんだよ。義兄《にい》さんやおばちゃんみたいに甘えさせてたら、先々《さきざき》、ろくな大人にならないんだからさ」

こうめは自分のことは棚《たな》に上げ、澄《す》ました顔をして母親風を吹かしたのだった。

これでは、尻に目薬……。

元々、母という意識が欠落気味《けつらくぎみ》のこうめには、なんら効《き》き目がなかったようである。

思っていた。

おさわは子供というものは、十歳になる頃までは、でれでれに甘えさせてもよいと

武家に生まれたらそういうわけにもいかないのであろうが、市井《しせい》に生きる者は、親と子の情愛の下《もと》で、為人《ひととなり》を育《はぐく》んでいくものだと思っていたのである。

いいさ、みずきのおっかさんは、このあたしだもの……。

おさわはそう心に折り合いをつけたのだが、それだけに、もう少し余裕を持ちたいと思うのだった。

鉄平が紙と硯箱を持ってくる。

「おばちゃんが書いておくれよ。俺、字が下手《へた》だから……」

鉄平が硯箱を渡そうとする。

「てんごうを！　あたしが蚯蚓《みみず》ののたくったような字しか書けないのを知ってるだろ？　正な話、陸郎《りくろう》のいる黒田《くろだ》の屋敷に引き取られて行ったとき、付焼刃《つけやきば》で読み書きを習ったんだけど、それまでは海とんぼ（漁師）の女房だったものだから、まったくの不文字《ふもじ》でさあ……」

おさわが慌てて両手を振り否定する。

と、そこに、亀蔵が帰って来た。

亀蔵は鉄平が手にした紙と硯箱を目にし、

「おっ、用意周到《よういしゅうとう》じゃねえか……。父親《てておや》として、赤児《やや》の名をつけようと思ったとは感心だ！」

と、驚いたといった顔をした。

「赤児《やや》の名前って……」

鉄平が目をまじくじさせる。

「立場茶屋《たてばぢゃや》おりきの女将《おかみ》さんがつけて下さるんじゃなかったんで？」

おさわも訝《いぶか》しそうな顔をする。

「いや、一応、頼んではみたんだがよ、此度は父親《てておや》の鉄平がつけるべきじゃなかろうかってことになってよ……。けどよ、赤児《やや》の名前《なめえ》でねえとしたら、なんでそんなものを持ってるのかよ……」

今度は、亀蔵が怪訝《けげん》な顔をする。

おさわが慌てた。

「いえね、こうめちゃんに抜けられると、鉄平とあたしの二人ではどうしても見世を廻せなくて……。それで、お運びをしてもらうために、小女を雇うことにしたんですけど、口入屋に頼むより、表に貼紙を出すほうが手っ取り早いんじゃないかと思いましてね」

　おさわが亀蔵の反応を確かめようと、そろりと上目《うわめ》に窺《うかが》う。

「ほう、小女をな……。まっ、それがいいだろう」

「鉄平は口入屋に頼むほうが安心だと言うんですけどね。けど、ここは親分の見世ですもの、そうそういかがわしい輩《やから》は寄りつかないのじゃないかと思いましてね」

「そりゃ、おさわが言うとおりでェ……。芝《しば》、高輪《たかなわ》、品川宿《しながわしゅく》と、ここが俺の見世ということは知れ渡っているからよ。そうけェ、それで貼紙をな？　じゃ、鉄平、早《はえ》ェとこ書いて、ついでに赤児《やや》の名前《なめえ》も書くんだな。お七夜は明日の晩だ。今のうちに準備しておかなきゃなんねえからよ」

「ええェ……、俺が書くんでやすか？」

「あたぼうよ！　おめえが父親《てておや》だ。それが責任というもんだからよ」

　鉄平は言葉を失い、目を白黒させた。

「おっ、おさわ、これからまたすぐに出掛けなくちゃなんねえんだ。なんでもいいから腹に詰めるものを作ってくんな！」

　亀蔵はそう言うと、せかせかと食間に上がって行った。

「嫌《いや》だよ！　およめなんて……。それじゃ、お嫁《よめ》ちゃん、お嫁ちゃんて、皆に冷やかされるじゃないか！」

「じゃ、お君《きみ》ってのはどうだ？　可愛いぜ」

「嫌だってば、嫌だァ！」

こうめと鉄平が、赤児《やや》の名で口角泡《こうかくあわ》を飛ばしている。

鉄平は嫁が君が赤児《やや》を運んで来てくれたと信じ、一方、こうめは一尺（三〇・三センチ）はあるかと思える大鼠《おおねずみ》を目にしたばかりにお産が一廻り《ひとまわ》（一週間）も早まったのだと言い張り、嫁が君を目の敵《かたき》にしているのである。

「けどよ、この娘《こ》は元旦に生まれたんだから、やっぱり、それらしい名前《なめえ》をつけてエじゃねえか」

「ああ、それは構わないよ。けど、およめもお君も、それだけは絶対に嫌だと言ってるんだよ！」

おさわは食間に入ってくると、呆《あき》れ返ったような顔をした。

「二人ともなんだえ……。そんなに大きな声を出しちゃ、赤児《やや》が目を醒《さ》ましちまうじゃないか！」

「ねっ、おばちゃん、この男《ひと》ったら、赤児《やや》の名前に、およめかお君がいいと言うんだよ。どう思うかえ？」

「お君……。可愛い名前じゃないか」

「嫌だよ！　嫁が君を思い出す名前なんて、絶対に嫌！」

「けど、他に元旦に相応《ふさわ》しい名前と言われても……」

鉄平が途方《とほう》に暮れたような顔をする。

「そうだねえ……。お初《はつ》なんてどうだえ？　初詣《はつもうで》、初日《はつひ》、初明《はつあ》かり、初春《はつはる》、初夢《はつゆめ》と、新しい年の初《しょ》っ端《ぱな》には、なんでも初って字がつくところから、お初……。響《ひび》きも愛らしいし、あたしはいいと思うんだけどさ」

おさわが仕こなし顔にそう言うと、こうめがパッと目を輝かせた。

「お初！　なんて良い名なんだろう。ねっ、おまえさん、お初にしようじゃないか」

「ああ、それがいい。有難うよ、おばちゃん！」

「じゃ、早速《さっそく》、半紙に、命名《めいめい》　お初、と書くんだね」

おさわが硯箱を差し出す。

「えっ、俺が字の下手なのは、さっき貼紙を書いたときに判っただろう？」

「何言ってんのさ！　貼紙のほうは見るに見かねて親分が代わって書いてくれたけど、今度はそういうわけにはいかないんだからね。通常、命名した者が書くことになっているんだからさ！」

おさわに言われ、鉄平が恨《うら》めしそうにこうめを見る。

「じゃ、おめえが書けよ」

「莫迦も休み休み言いな！　おまえさんはおとっつァんなんだよ？　おまえさんが書くのが筋じゃないか」

こうめに鳴り立てられ、鉄平が渋々《しぶしぶ》筆を取る。

命名　お初……。

ところが、なんとか書いたのはよいが、命名という字が大きすぎて、肝心《かんじん》のお初と言う文字が縮《ちぢ》こまったように見える。

「糞《くそ》ォ！　書き直しだ……」

今度は、慎重《しんちょう》に筆を運ぶ。

が、命名という字はなんとか書けたのだが、初の字の偏《へん》と旁《つくり》の間隔《かんかく》が空《あ》きすぎて、なんとも収まりが悪い。

それに、鉄平の文字は蚯蚓ののたくったを通り越して、金釘《かなくぎ》もよいところ……。

こうして悪戦苦闘《あくせんくとう》して、いい加減《かげん》うんざりした頃である。

みずきが亀蔵に連れられ、あすなろ園から戻って来た。

みずきは鉄平が筆と格闘《かくとう》しているのを見るや、興味津々《きょうみしんしん》に寄って来た。

「何やってんの？」

亀蔵が鉄平の字を見て、にたりと嗤《わら》う。

「何やってるって、見れば判るだろうが……。明日の晩は赤児《やや》のお七夜だから、名前《なめえ》をつけてるのよ」

「お初？　お初っていう名なんだね。けど、なんだよ、この汚い字は！」

「読めるだけましってもんだが、それにしても、みずきは偉《えれ》ェじゃねえか！　ちゃんと、お初と読めたんだからよ」

亀蔵が蕩けそうな目で、みずきを見る。

「読めるさ！　今日、貞乃先生から教わったばかりだもの。みずきね、初日、と書いて、先生に褒《ほ》められたんだよ」

「そうけェ、そりゃ良かったな。じゃ、みずきも、命名　お初、と書いてみるか？」

「うん。書けるよ！」

みずきは鉄平の手から筆を受け取ると、たっぷりと筆に墨《すみ》を含ませ、命名　お初、と書いた。

決して上手《うま》いとは言えない拙《つたな》い字だが、それでも、鉄平の金釘に比べれば上々といってよいだろう。

「ほう、上手《うめ》ェもんじゃねえか……。鉄平、こりゃ、父親顔負《てておやかおま》けだぜ！」

亀蔵が感心したように言う。

すると、こうめが甲張《かんば》ったように鳴り立てた。

「義兄《にい》さんもみずきも、止めなよ！　下手でもいいんだ。みずき、おとっつァんはね、父親《ておや》として心を込めて書いたんだから、それでいいんだよ！」

みずきは何故《なぜ》叱《しか》られたのか解らないようで、呆然《ぼうぜん》としている。

「さっ、みずきちゃん、手を洗ってこようか？　そろそろ晩ご飯だからさ」

おさわが慌ててみずきの手を引き、板場に連れて行く。

亀蔵はじろりとこうめを睨《ね》めつけた。

「みずきも俺も、鉄平をひょうらかしたわけじゃねえんだ！　みずきは単に初という字が書けるようになったことが嬉《うれ》しいだけでよ。それなのに、おめえみてェにそう頭ごなしに叱りつけたんじゃ、みずきがいじけてしまう！　何故、みずきに上手く書けたと素直に言ってやれねえのよ。親なら、子が成長するのを悦《よろこ》んでやるべきだろうが！」

「悦んでるさ……。けど、自慢することはない！　この男《ひと》もあたしも、幼い頃にまともに手習を習っていないんだからさ……。それに比べて、みずきは五歳の頃からあすなろ園に通っているんだもの、上手く書けて当然なんだよ！」

「その考えが大人げねえというのよ。餓鬼《がき》と張り合ったところで仕方がねえだろうが！」

「親分、義兄《にい》さん、もうそのくれェで勘弁《かんべん》してやって下せえ！　こうめは俺を気遣《きづか》ってくれただけで、俺にしても、みずきより字が下手なことをなんとも思っちゃいやせんので……。寧《むし》ろ、みずきがそこまで成長してくれたのかと思うと嬉しいくれェでやす」

鉄平が慌てて割って入り、深々と頭を下げる。

「解りゃいいんだ、解りゃよ……。おっ、腹がひだるくって（空腹）堪らねえや！　おさわ、今宵《こよい》のお菜《さい》はなんでェ」

亀蔵が照れ隠しのつもりか、板場に向かって大声を上げる。

「はい、お待たせ！　今宵は石焼豆腐《いしやきどうふ》に蛤鍋《はまなべ》、鰈《かれい》と牛蒡《ごぼう》の煮付《につけ》だよ。豆腐に蛤《はまぐり》、白身《しろみ》魚《ざかな》と揃ったんで三白鍋《さんぱくなべ》にしようかと思ったんだけど、少し目先が変わったほうがいいかと思ってさ！」

おさわが土鍋《どなべ》を運んで来ると、長火鉢の上にかける。

「あっ、じゃ、俺も手伝いやす」

鉄平が板場に急ぎ、両手に箱膳《はこぜん》を持ち食間に戻って来る。

なんと、その後を、おっかなびっくり両手で箱膳を手にした、みずきが続いてくるではないか……。

「おや、大丈夫かえ、みずきちゃん。落っことすんじゃないよ」

「大丈夫だよ！」

みずきの頰《ほお》に笑顔が戻っている。

蛤の口が開かないままの状態で運ばれてきた蛤鍋は、長火鉢の火ですぐに沸騰《ふっとう》し、同時にわっと口を開いた。

おさわが片口鉢《かたくちばち》に蛤と出汁《だし》を掬《すく》い、皆の膳に配っていく。

「煮詰《につ》めると蛤の身が固くなりますからね。みずきちゃん、舌を焼かないようにふうふうして食べるんだよ」

亀蔵は汁《つゆ》をひと口飲むと、相好《そうごう》を崩《くず》した。

「なんと、美味《うめ》ェじゃねえか！　醬油《しょうゆ》が入《へえ》ってねえようなんで、これで美味ェのかと思ったが、蛤から旨味《うまみ》やほどほどの塩気《しおけ》が出て、こりゃ絶品だぜ！」

おさわは嬉しそうに、くくっと肩を揺すった。

「今宵はこの出汁の中にご飯《はん》と芹《せり》、玉子を加えて雑炊《ぞうすい》にしますからね。勿論《もちろん》、そのときには醬油を入れて味を調《とと》えますが、そうだね、こうめちゃん、この雑炊なら食べても構わないだろう……。もう少し待っていておくれ。今、目玉が飛び出しそうになるほど美味《うま》い雑炊を作ってあげるからさ！」

おさわがこうめに目まじする。

「ああ、やっと、あたしも皆と同じものが食べられるんだ！」

「おばちゃん、石焼豆腐はどうしようか？　豆腐なんだからこうめに食べさせてもいいのじゃ……」

鉄平がおさわを窺う。

「ああ、いいだろう。但《ただ》し、醬油はほんの少しだよ」

「良かったな、こうめ！」

こうめは幼児のように、うんうん、と大仰《おおぎょう》に頷いた。

ひと口大に切った豆腐の両面を、胡麻《ご　ま》油《あぶら》を引いた鉄板《てっぱん》でこんがりと焼いただけなのだが、下《お》ろし大根《だいこん》と醬油を絡《から》めて食べると、ひと味違った風味《ふうみ》合《あい》がする。

「美味《おい》しい……。この前、おまえさんが作ってくれた鯉濃《こいこく》にも感動したけど、石焼豆腐も負けちゃいないよ！」

「さあ、雑炊が出来たよ。こうめちゃん、そんなので感動してどうすんのさ。まずは騙《だま》されたと思って、この雑炊を食べてみること……。感動するのはそれからにしておくれよ」

おさわが茶碗《ちゃわん》に雑炊を掬い、こうめの膳に配す。

こうめはレンゲで雑炊を掬い、口に運ぶと、得も言われぬ表情をした。

「どしてェ、美味《うめ》ェか？」

亀蔵が身を乗り出す。

こうめの答えは実に解りやすかった。

こうめは頷きながら、はらはらと大粒の涙を頬に伝わせたのである。

「おっかさん、なんで泣いてるの？」

みずきが心配そうに声をかける。

亀蔵はみずきの額をちょいと指先で小突くと、決まってるだろうが、美味《うめ》ェからよ、と言い、自《みずか》らも雑炊に手を伸ばした。

つくづく、食べ物の効力《こうりょく》には頭の下がる想いがする。

つい今し方、剣呑《けんのん》な空気が漂ったこの食間が、現在《いま》は和《なご》やかな雰囲気で包まれているのであるから……。

亀蔵は、美味《うめ》ェな、と呟《つぶや》くと、みずきの顔を覗《のぞ》き込んだ。

みずきが満面《まんめん》に笑《え》みを浮かべ、大声で答える。

「ああ、美味《うめ》ェ！　こいつァ、絶品でェ！」

亀蔵の口真似《くちまね》に、わっと食間が笑いの渦《うず》に包まれた。

小正月を過ぎ、品川宿の各所に年始の挨拶《あいさつ》に用《もち》いた扇《おうぎ》の空箱《からばこ》を買い求める行商人や、初午《はつうま》用《よう》の太鼓《たいこ》の担《にな》い売りの姿が目立つようになると、睦月《むつき》（一月）もそろそろ終わりに差しかかったことを知らされる。

おりきは先代おりきの墓詣《はかまい》りを済ませ、妙国寺《みょうこくじ》から街道に下りたところで、行合橋《ゆきあいばし》のほうから歩いてくる女ごと目が合った。

女ごが驚いたように脚《あし》を止める。

おりきの胸もきやりと揺れた。

どこかで見たような……。

が、咄嗟《とっさ》には思い出せない。

切れ長の目に顎《あご》の尖《とが》った瓜実顔《うりざねがお》……。

どこかしら儚《はかな》げで寂しそうな面差しは、確かに、記憶の端《はし》に留《とど》められているのだが……。

そう思ったとき、女ごが傍に寄って来て、頭を下げた。

「お久しゅうございます」

その声を聞いて、おりきは目を瞬《しばたた》いた。

「まあ、おまえさまは、確か、お半《はん》さん……」

「はい。あれから何年になりますかしら……」

「確か、わたくしが立場茶屋おりきの女将になったばかりの頃でしたから、すると……」

おりきが指折り数え、まあ、十四年……、と目をまじくじさせる。

それでは、すぐさまお半の顔を思い出せなくても無理はない。

「それで、お半さんは現在《いま》どちらに？　あれからどうなされていたのですか？」

おりきは矢継《やつ》ぎ早《ばや》に訊ね、頬を弛《ゆる》めた。

「こんなところで立ち話とはいきませんわね……。お急ぎですか？　お急ぎでなければ、寄っていきませんこと？」

お半は戸惑《とまど》った表情を見せたが、はい、と頷いた。

「丁度、先代女将の墓詣りを済ませてきたばかりのところですのよ。その帰り道、おまえさまに出逢ったのですもの、これは先代が引き合わせて下さったと思わざるを得ません……」

「その節は大層お世話になりました。茶屋であんな恥知《はじし》らずのことをしたあたしを番屋に突き出すことなくお許し下さり、そのうえ、一夜の宿を提供して下さったばかりか、路銀《ろぎん》まで持たせて下さったというのに、あれきり文のひとつも出さずに申し訳ないことをしてしまいました」

「わたくしもね、あれからお半さんはお子に逢うことが出来たのかしらと案じていましたのよ。それで、逢えましたの？」

お半は辛《つら》そうに首を振った。

おりきはお半の顔を窺うと、

「茶屋には当時いた古参《こさん》のおよねがいますけど、旅籠《はたご》の帳場に参りましょうね。そのほうが、ゆっくり話せると思いますので……」

と微笑みかけた。

　旅籠に通じる通路を入って行くと、玄関前を掃《は》いていた下足番見習の末吉《すえきち》が声をかけてきた。

「お帰《けえ》りやす。女将さん、幾千代姐《いくちよねえ》さんがお待ちでやす」

幾千代が……。

おりきはちょっと躊躇《ためら》った。

が、幾千代なら同席してもらっても構わないのではなかろうか……。

「どうやら先客があるようなのですが、幾千代さんといいまして、切れ離れのよい(さっぱりとした)裏表《うらおもて》のない方なので、ご一緒させてもらっても宜《よろ》しいかしら?」

おりきが気を兼ねたように言うと、お半はよいとも悪いとも判断つきかねる笑いを寄越《よこ》した。

が、おりきの困じ果てたような顔を見ると、意を決したように、構いません、と答えた。

「お待たせしました。新年のご挨拶がすっかり遅くなってしまいましたが、幾千代さん、本年もどうか宜しくお願い致します」

帳場に入って、おりきが深々と頭を下げる。

「本当だよ。あちしも年末からすっかり無沙汰《ぶさた》しちまって……。それがさァ、今日は存外《ぞんがい》に早くお座敷が退《ひ》けたものだから、これはなんでも、おりきさんの顔を見ようと思ってさ！　墓詣りに行ってたんだって？　おや、この女《ひと》は……」

幾千代がおりきの背後に控《ひか》えるお半に目を留《と》め、訝しそうな顔をする。

「たった今、妙国寺からの帰り道、偶然《ぐうぜん》お目にかかりましてね。何しろ、十四年ぶりなものですから懐《なつ》かしくて……。それで、積もる話でもしませんかとお誘《さそ》いしましたの。こちらはお半さん。そして、お半さん、こちらが幾千代さんですよ」

おりきが二人を紹介する。

「おやまっ、それじゃ、あちしはお邪魔《じゃま》虫《むし》ってことになるじゃないか……」

幾千代がさっとおりきを窺う。

「いえ、構いませんのよ。お半さんには幾千代さんは腹蔵《ふくぞう》ない話が出来る方だと言ってありますので……」

「そうかえ。じゃ、そんなところにいないで、中におあんなす。別に取って食やしないからさ！」

お半が怖々《こわごわ》と帳場の中に入り、障子《しょうじ》を閉める。

「すぐにお茶の仕度《したく》をしますからね。丁度よかったですこと！　到来物《とうらいもの》の鹿子《かのこ》餅《もち》がありますのよ」

「鹿子餅といったら、亀蔵親分を思い出すね！　親分たら、これに目がないからさァ……。そうだった！　そう言えば、こうめが赤児《やや》を産んだんだって？　それも、親分の期待を見事に裏切って、またまた女ごの子だったというじゃないか……」

「ええ。でも、親分は意地張《いじば》ったように、自分は男の子がよいと言った憶えはないって……」

「そりゃそうさ。五体満足《ごたいまんぞく》に生まれてくれれば、男だろうが女ごだろうが構わないってもんでさ……。うちの幾富士《いくふじ》なんて、親分のところに無事に女ごの子が生まれたと聞いて、羨《うらや》ましそうな顔をしていたからさ……」

「さっ、お茶をどうぞ！　幾富士さんの赤児《やや》が生きていたら、三歳ですものね……。親分もそのことが頭にあるものだから、元気な赤児《やや》に心《しん》から悦んでおられるようですの」

「それで、名前はなんてつけたのさ。此度もおりきさんが名付け親になったんだろ？」

「それがね、此度も親分からわたくしに名付け親になってほしいと頼まれたのですが、親分や鉄平さんを差し置いて、そうそうわたくしが出張《でば》ることもないと思い辞退しましたので、鉄平さんがつけましたのよ」

「へえェ、親分でなく鉄平が？」

おりきが苦笑する。

「それがまあ、親分たら、自分が今度の娘《こ》に名前をつけると、みずきが僻むと困ると言うのですものね……」

「いかにも親分らしいじゃないか！　みずきのことが可愛くて可愛くて堪らないんだからさ。それで、鉄平はなんてつけたのかえ？」

「生まれたのが元旦でしたからね。それで元旦らしい名前をということで、お初、という名になったそうですの」

「お初か……。へえェ、いい名じゃないか！」

幾千代が黒文字《くろもじ》で鹿子餅を割りながら言う。

おりきはおやっとお半を見た。

お半が項垂《うなだ》れたまま、肩を顫わせているのである。

「お半さん、どうかしました？　お茶にも手をつけずに……」

そう言い、おりきはハッと息を吞《の》んだ。

お半が泣いているのである。

幾千代も驚いたようにお半を瞠《みつ》める。

「おまえ、どうしちまった！　えっ、あちし、何か気に障ることでも言ったかえ？」

「そうですよ。お半さん、一体どうしたのですか？」

お半は俯《うつむ》いたまま首を振った。

「違うんです……。お二人は何も……。ただ、あたし、娘のことを思い出して、つい

……」

お半はそう言うと、袂《たもと》を顔に当て、堪《こら》えきれずに泣きじゃくった。

「…………」

「…………」

おりきと幾千代は、困じ果てたように顔を見合わせた。

「実は、あたしの娘の名も、お初で……」

お半が涙を拭《ぬぐ》いながら言う。

まあ……、とおりきはと胸を突かれた。

つい今し方、娘とは逢えなかったと聞いたように思うが、その娘の名もお初とは……。

「お半さん、よかったら、あれからのことを話して下さいませんか？　確かあのとき、おまえさまはご亭主が赤児《やや》を江戸の親に見せに行く、赤児《やや》の顔を見れば双親《ふたおや》もおまえのことを嫁と認めてくれるだろうから、双親を説得し呼び寄せるまで浜松《はままつ》で待つようにと言って赤児《やや》を連れて出て行ったきり、半年経《た》っても梨《なし》の礫《つぶて》……。それで心配になり、江戸まで訪ねて行くのだと言っていましたわね？」

おりきがそう言うと、お半は悔《くや》しそうに唇を噛み締めた。

「元数寄屋町《もとすきやちょう》の白河屋《しらかわや》はあたしが奉公していた紙問屋《かみどんや》ですので、店衆《たなし》の殆《ほとん》どがあたしの顔を知っています。あたし、訪ねて行けば、すぐにでも母屋《おもや》に通され娘に逢わせてくれると思っていたのです。けれども、手代があたしの顔を見るなり血相《けっそう》を変えて番頭を呼びに行き、番頭が出て来るまであたしは店衆に囲まれ、一歩も中に入ることが出来ませんでした」

「なんだえ、それは！　だって、おまえは白河屋の息子の嫁だろ？　しかも、同じ釜《かま》の飯を食った仲間だというのに、そんな仕打ちってあるかえ？」

幾千代が業《ごう》が煮《に》えたように言う。

「いえ、嫁といっても、祝言を挙げたわけではないのです。あたしは旦那《だんな》さまや内儀《おかみ》さんの反対を押し切って、若旦那さまと浜松まで駆け落ちをした身です……。それで、店衆の目には不実者《ふじつもの》と映《うつ》ったのだと思います。ですから、店衆からそのような扱《あつか》いを受けても仕方がありません。けど、若旦那さままでがけんもほろろだったのには愕然《がくぜん》としてしまいました。結句、若旦那さまはあたしに逢おうともせず、番頭の口から絶縁を言い渡されたのです。若旦那さまは既《すで》に従妹《いとこ》に当たる方を嫁に貰《もら》われ、お初もその女《ひと》の娘ということで人別帳《にんべっちょう》に記《しる》されている、二度と白河屋の敷居《しきい》を跨《また》ごうと思うな、いや、この界隈《かいわい》を彷徨《うろつ》くことも許さない……、と小判五枚を投げつけられたのです」

お半はそう言うと、そのときの悔しさを思い出したのか、くくっと喉《のど》の奥から嗚咽《おえつ》を洩《も》らした。

「なんだって！　それで、おまえは黙って引き下がってきたというのかえ……。そんな莫迦なことがあって堪るか！　それじゃ、おまえは五両で娘を売ったことになるんだよ」

幾千代が甲張った声を上げる。

お半は辛そうに首を振った。

「貰うわけがありません、そんなお金……。あたしにも意地があります。けれども、若旦那さまが既に他の女《ひと》と所帯を持たれていて、お初がその女《ひと》の娘とされているのでは、あの場合、あたしには抗《あらが》うことが出来ませんでした。とは言え、お初のことは諦《あきら》めようにも諦めきれない……。それで、極力《きよくりよく》、あの娘《こ》の近くにいられるようにと思い、山下町《やましたちよう》の居酒屋の小女に入り、うらぶれた棟割長屋《むねわりながや》を借りて居酒屋に通いました。そうして、暇を見ては数寄屋河岸《すきやがし》を彷徨《さまよ》い、子守に抱かれたお初が白河屋から出て来るのではないかと見張っていたのです。遠目《とおめ》にでも、あの娘《こ》の姿が見られたら……。そう願っていたのですが、五年の間というもの、一度として、あの娘《こ》の姿を見ることは出来ませんでした。そうこうするうちに、国許《くにもと》の母親が病に倒れたと知らせが入り、急遽《きゆうきよ》、茅ヶ崎《ちがさき》に戻ることになったのです。けれども、その母も昨年亡くなりました……。そうなると、あたしには身寄りというものは、離れ離れになったお初ただ一人……。それで、矢も楯《たて》も堪らず、年明け早々、再び江戸に出たのです。若旦那さまにお初を連れ去られて、十四年……。どんなに愛らしい娘になったのだろうか……。母と名乗れなくてもいい、ひと目、あの娘《こ》の姿を拝《おが》むことが出来たらそれでいい……。そんな想いで再び元数寄屋町を訪ねたのです。無論、訪ねて行ったところで逢わせてもらえないのは解っていましたので、白河屋の近所の茶店に入り、それとなく、白河屋の娘は息災《そくさい》なのだろうか、と訊ねてみたんですよ」

お半はそこで言葉を切ると、眉根《まゆね》を寄せた。

おりきと幾千代は息を殺し、お半の次の言葉を待った。

「………」

ところが、お半はなかなか話を続けようとしない。

遂に、痺《しび》れを切らした幾千代が促《うなが》した。

「それで？」

お半はふうと肩息《かたいき》を吐《つ》くと、続けた。

「茶汲女《ちゃくみおんな》が訝しそうな顔をしましてね。白河屋には今年八歳になる男の子がいるだけで、女ごの子はいないと言うんですよ。それで、そんなはずはない、お初という娘がいるはずだというと、自分はこの見世で働くようになってまだ二年なので、茶店の女将に聞いてくると言ってくれたんですよ。そしたら、女ごの子は三歳のときに麻疹に罹《かか》り死んでしまったと言うんですよ……。しかも、その娘《こ》の名はお初ではなく、お房《ふさ》だと……。恐らく、若旦那のお内儀《かみ》さんがあたしがつけた名を嫌《きら》い、つけ替《か》えたのに違いありません。けど、お初が亡くなったのが三歳のときとは……。十一年も前のことなのですよ。しかも、そのときは、まだあたしは江戸にいた……。あたしはそんなこととも知らずに、いつかあの娘《こ》に逢えるのじゃなかろうかと期待に胸を膨らませ、山下町から数寄屋河岸まで通っていたのですものね……。国許に戻っても、もう身寄りはいないし、お初のいない江戸にいても虚《むな》しいばかり……。それからどこをどう彷徨ったのか、気づくと、品川宿に辿《たど》り着いていたのです」

「まあ、そうだったのですか……。そんなときに、わたくしに巡《めぐ》り逢ったというわけですね。お半さん、これはやはり先代が取り計《はか》らって下さったことなのですよ……。わたくしにはそのように思えてなりません。十四年前、おまえさまが娘を捜《さが》しに江戸に出る途中、胡麻《ごま》の蝿《はえ》に遭《あ》ったのにも気づかず見世に入り、危《あや》うく食い逃げと間違えられそうになったあのとき、おまえさまが入ったのが立場茶屋おりきでなかったとしたら……。確か、おまえさまは言いましたよね？　他の見世だったら、とても自分の話を信じてもらえず番屋に突き出されていただろうと……。わたくしね、それが縁だと思うのですよ。街道に軒《のき》を連《つら》ねる立場茶屋の中で、おまえさまは引きつけられるように立場茶屋おりきに入られました。恐らく、先代がこのおりきに入るようにと仕向けて下さったのでしょうよ。そして今日、再び、生きる望みを失いかけたおまえさまに、わたくしを引き合わせて下さった……。わたくしには、すべてのことが先代のご意思のように思えてなりません」

「えっ、なんだって？　十四年前にそんなことがあったとは、あたしは今初めて知ったよ」

幾千代が驚いたように目を丸くする。

「あのとき、女将さんに助けられなかったらどうなっていたかと思うと……。有難うございます。あのとき、女将さんはあたしの話を信じて下さり、娘さんにきっと逢えますよと励まして下さったばかりか、お金がなくては困るだろうからと二分《にぶ》もあたしに持たせて下さったのですものね……。貸すのではなくて差し上げるのだから、返そうと思わなくていいのですよって……。けど、信じて下さい。あたしはいつか必ず返そうと思っていたんです。それなのに、江戸にいた頃は自分一人が立行《たちいき》していくのが筒一杯で、国許に戻ってからは病の母を抱え、終しか、叶《かな》いませんでした……。心苦しくて堪りません」

「いいのですよ。前にも言いましたが、あのお金は差し上げたもの……。わたくしは返してもらおうとは思っていませんでした。ですから、そのことはもう気になさいませんよう……。それより、おまえさまの今後のことですが、国許に身寄りもなければ、お初ちゃんはもうこの世にいないとなると、天涯孤独《てんがいこどく》の身ということになりますね。これからどのようにして生きていこうとお思いなのですか？」

おりきがお半に目を据《す》える。

「おまえ、まさか、妙な気を起こしてるんじゃないだろうね？」

「…………」

幾千代がお半の顔を覗き込み、睨《ね》めつける。

「それだけは許さないからね！　いいかえ、よくお聞き。おりきさんもあちしも、ここにいる者は皆、一度は死のうと思ったほどの疵を心に抱えているんだ！　それでも、生かされている間は、自ら死を選んじゃならないんだよ。人は一人で生きてるんじゃないからね。死んでいく者はそれでいいかもしれないが、おまえが死ぬことで、周囲《まわり》の者を苦しませてしまうことを忘れちゃならない！　早い話、おりきさんにしてもあちしにしても、こうしておまえに接し事情を知ったからには、何故あのとき救ってやることが出来なかったのかと、この先ずっと苦しむことになるんだよ。ねっ、そうだよね？」

幾千代がおりきに相槌《あいづち》を求める。

「ええ、幾千代さんがおっしゃるとおりです。おまえさまは一人ではないのです。必ずや、必要としてくれる者が現れます。ねっ、お半さん、よかったら、うちで働いてみませんこと？　うちは旅籠も茶屋も、いつでも人手《ひとで》を必要としています。居酒屋で働いていたというのであれば、接客には慣《な》れていることでしょうから、おまえさまさえその気なら、いつでも大歓迎ですよ」

「あたしが立場茶屋おりきに……」

お半は思いもしない展開に、言葉を失った。

「どうかしら？　亀蔵親分の八文屋でも小女を探していたようですけど、少し前に決まったと言っていましたからね。やはり、うちが適しているのではないかと思いますよ」

「でも、あたし……。隠しても仕方がないので正直に言いますが、居酒屋の小女をしていたといっても、あたし、客あしらいが下手で……。客の前に出ると気後《きおく》れしちまい、それで、一月《ひとつき》もしないうちに板場の下働きに廻されたのです。白河屋にいた頃は店衆の賄《まかな》いを一手《いって》に引き受けていましたし、他人《ひと》に接するより、あたしはおさんどんをしているほうが向いてるんです。だから、あたしは茶立女《ちゃたておんな》や旅籠の女中は務まらないんじゃないかと思って……。追廻《おいまわし》みたいなことをやらせてもらえれば助かりますが、それでは駄目でしょうか？」

お半が怯《ひる》んだような目をして、おりきを窺う。

「うちは追廻は男衆《おとこし》と決まっていますのでね……。恐らく、板場衆《いたばし》が嫌がるのではないかと……。困りましたわね」

「困ることとなんてないさ！　だったら、うちにおいでよ。いえね、おりきさんも知っているると思うが、お端女《はした》のおたけ……。此度、そのおたけに縁談があってさ！　まあ、蓼《たで》食う虫も好き好きとはよく言ったもんだよ。おたけもいい歳《とし》だし、あのご面相《めんそう》だろ？　正な話、おたけのことは生涯あちしが面倒を見なくちゃと思っていたところ、出入りの魚屋がおたけのことをいたく気に入っちまってさ……。なんとしてでも、おたけを後添《のちぞ》いに欲《ほ》しいと言い出したんだよ。後添いといっても、子は既に奉公に出しちまった後だし、煩《うるさ》い舅《しゅうと》や姑《しゅうとめ》もいない……。これはまたとない話だと思っていたら、なんと、おたけもその男の許に行ってもいいと言いだしたじゃないか！　それで、ほぼ話は纏《まと》まったんだが、おたけに辞《や》められると、忽《たちま》ちうちはおてちんだ……。現在《いま》、口入屋に声をかけているんだが、廻されて来るのが帯に短し襷《たすき》に長しでさァ……。けど、さっきから話を聞いていて、あちしはこの女《ひと》が気に入ったよ。どこかしら惹かれるものがあってさ……。永年《ながねん》、海千山千《うみせんやません》の花街《はなまち》に生きてきて、あちしは他人《ひと》を見る目だけは確かだからさ！　おたけも跡《あと》を引き継《つ》ぐお端女が決まるまではと祝言を挙げるのを延《の》ばしてくれているから、きっと、この話を聞いたら悦ぶだろうさ……」

幾千代がもう決まったことのように目を輝かせ、おまえ、歳は幾《いく》つだえ？　見たところ、か弱そうに見えるが、別に蒲柳《ほりゅう》の質《しつ》というわけじゃないんだろ？　と訊ねる。

「年は三十四です。痩《や》せぎすに見えますが、身体だけは丈夫で、これまで病で寝ついたことは一度もありませんので……」

お半の頰に笑みが浮かんでいる。

どうやら、お半もこの話に乗り気のようである。

「給金は年一両二分で、二季《にき》の折れ目に渡すので相場《そうば》と思ってもらってもいいが、うちは食い物にだけは出し惜《お》しみをしないからね。余所《よそ》よりうんと美味いものが食えるし、掃除、洗濯、炊事《すいじ》とやることだけやってくれれば、小煩《こうるさ》いことは言わないからさ。なんせ、あちしと妹分の幾富士しかいないんだから、さして気を遣《つか》うこともない……」

幾千代は条件を次々に並べ立て、思い出したかのようにお半に目を据えた。

「大事なことを忘れていたよ。ところで、おまえ、猫は好きかえ？」

「猫？」

突然のことで、お半が目を白黒させる。

が、次の瞬間、ええ、大好きです！　と答えた。

幾千代が満足そうにポンと手を打つ。

「それで決まりだ！　おたけはお端女として出来た女ごだったが、唯一《ゆいいつ》の難点が、癇《かん》性《しよう》のあまりに猫が嫌いでね。が、それでも、よく尽《つ》くしてくれたんだ……。感謝しなくちゃならないが、猫が好きに超《こ》したことはないからさ！　どうだえ、おりきさん、あちしが今日この場に居合わせたのも、おまえさんの言葉を借りれば、先代のお陰……。だって先代がこの女《ひと》に引き合わせてくれたんだもの、あちしも妙国寺にお詣りしなくっちゃね！」

幾千代はそう言い、茶目っ気たっぷりに片目を瞑《つぶ》ってみせた。

「それじゃ、あたしはこれで失礼を……」

八文屋で新しく雇い入れた小女のお由良《ゆら》が、板場の鉄平とおさわに会釈《えしやく》して、前垂《まえだ》れを丸め、見世を出て行く。

「あの女《ひと》に来てもらうようになり今日で十日になるけど、まあ、どうだえ？　打てば響くとはああいうのをいうんだろうね。お由良さんが来てくれてから、あたしが見世に出なくても、あの女《ひと》が一人で廻してくれるんだもんね。お陰で、手が空《す》いたときにこうめちゃんや赤児《やや》の世話が出来るってもんで、お由良さままさまだよ！」

「おばちゃん、赤児《やや》でなくて、お初！　ちゃんと名前《なめえ》があるんだから、名前《なめえ》で呼んでやって下せえよ……」

鉄平が鯉濃の味を確かめながら言う。

おさわはひょいと肩を竦めた。

「そうだった、そうだった……。お初ちゃんと言おうと思うんだが、つい、赤児《やや》って言葉が口を衝《つ》いて出ちまってさ」

「いや、別に文句を言っているわけじゃ……。けど、親分までがなんだか滅多《めった》にお初って言葉を口にしねえように思えて……。みずきの名はしつこいくれェに口にする親分が、何故なんだろうかと思ってさ」

「何故もへったくれもないさ。まだ呼び慣れていないだけでさ……。気にすることはないんだよ。放っておいても、そのうち煩いほど、お初、お初、と騒ぎ出すからさ！　さっ、そろそろお飯《まんま》にしようか！　親分の帰りが遅いようだけど、待っていたら、みずきちゃんがオネムになっちまうからさ……」

「今日はおばちゃんがあすなろ園までみずきを迎えに行ってくれたんだよな？　そんなことが出来るのも、お由良さんが来てくれたお陰だぜ」

「けど、あの女《ひと》、これから横新町《よこしんまち》まで帰って、夕餉の仕度をするんだろ？　うちで一緒に食べていけばいいのにさ……」

「俺もそう勧《すす》めたんだが、病の亭主が待っていると言うんだから仕方がねえ」

「それはそうなんだけど、だったら、家に帰って慌ててお菜を作らなくてもいいように、うちの残り物を持っていけばいいと思うのに、それも断るんだからさ」

「それが、お由良さんの奥ゆかしいところじゃねえか……。俺ャ、貼紙を見てあの女《ひと》が見世に入《へ》って来たとき、驚いたぜ！　お武家か大店《おおだな》の内儀が入《へ》って来たのかと思ったら、やっぱ、ご亭主が浪々の身だというじゃねえか……。腐《くさ》っても鯛《たい》、掃き溜《だめ》に鶴《つる》たァ、ああいうのをいうんだろうな……」

「なんて莫迦なことを言ってるんだえ！　腐った鯛は食べられないし、それに、言うに事欠いて、掃き溜に鶴だって？　てことは、この八文屋が掃き溜ってことになるじゃないか！」

「いや、誤解してもらっちゃ困る！　俺が掃き溜と言ったのは、ご亭主と一緒に住んでいる横新町の裏店《うらだな》のことでさ……」

「おお、そうかえ、そうかえ！　さっ、四の五の言ってないで、味噌汁《みそしる》の鍋を運んでおくれ。あたしは箱膳を運ぶからさ」

鉄平が鉄鍋《てつなべ》を食間に運んで行く。

今宵のお菜は鰤大根《ぶりだいこん》にたたき牛蒡、小松菜《こまつな》と油揚《あぶらあげ》の煮浸《にびた》しである。

それに、こうめは鯉濃……。

この頃うち、やっと粥《かゆ》からご飯に戻されたこうめだが、乳の出をよくするために、二日に一度は鯉濃を飲んでいる。

「おまえさんの作る鯉濃って、本当に美味いからさ……。これなら、産後でなくても、年中三界《ねんじゅうさんがい》飲みたいくらいだ。おや、どうしたえ？　みずきも飲んでみたいのかい？いいよ、飲んでも……。さあ、どうした、要《い》らないのかえ？」

こうめが物欲《ものほ》しそうな顔をしたみずきの前に、汁椀《しるわん》を突き出す。

みずきはぷいとそっぽを向いた。

「要らない……」

「変な娘《こ》！」

「みずきはおっかさんの喉締《のどし》めをしちゃならねえと思ってるのよ。なっ、そうだよな？　けどよ、俺ャ、お由良さんが鯉濃を知らなかったのには驚いたぜ。鯉は洗《あら》いで一度食べたきりとかで、筒状《つつじょう》にブツ切りした鯉を味噌仕立ての汁で食べるなんてって目をまじくじさせてたからよ。まっ、どちらかと言えば、鯉は山里の食い物だからよ。海辺で育った者は滅多に淡水魚《たんすいぎょ》は食わねえ……」

鉄平がそう言うと、おまえさん、やけにお由良さんのことに詳《くわ》しいじゃないか、とこうめが皮肉めいた言い方をする。

「止してくんな。俺だって、さして詳しくはねえ。ただ、生まれはどこかと訊いたら、房総《ぼうそう》だと言ってたもんでよ」

「房総といっても広いんだよ。房総のどこなのさ」

「さあ、上総《かずさ》か安房《あわ》か……」

「嫌だ、訊いていないのかえ？」

こうめに鳴り立てられ、鉄平が縋《すが》るような目でおさわを見る。

おさわは呆れ返ったように苦笑した。

「富浦《とみうら》だよ。なんでも、三代前までは佐倉藩《さくらはん》の藩士だったが浪々の身となって久しく、先代が生きる糧《かて》を求めて富浦に移り住み、現在《いま》では、もう武士の端《はし》くれにも加えてもらえないとか言ってたがね」

「じゃ、お由良さんの亭主は仕官の口を求めて江戸に出て来たってことかえ？」

こうめが興味津々といった顔をして、おさわを窺う。

「そうなんだろうね。あたしもさァ、根から葉から訊くのは悪いと思い、あんまし詳しく訊いていないんだよ。まっ、判ったことは、江戸に出た直後、ご亭主が労咳《ろうがい》に罹ったとかで、以来、お由良さんが働き、病のご亭主の面倒を見ているってことでさ……。けど、それを聞いたら、無下《むげ》に断るわけにはいかなくなってさ……。正な話、あたしもあの女《ひと》にうちみたいな見世が務まるだろうかと疑心暗鬼《ぎしんあんき》だったのよ、だってうちの客をごらんよ。江戸気《えどき》で競肌《きおいはだ》ばかり……。左官の朋《とも》さんや仙《せん》さんは口から先に生まれたかのように口忠実《くちまめ》でさ。あんな奴らをお由良さんみたいな女《ひと》が御《ぎょ》せるのかと思ってさ……。ところがどっこい、いざ蓋《ふた》を開けてみたら、あの女《ひと》、朋さんや仙さんに何を言われても平気平左衛門《へいきへいざえもん》で聞き流し、逆に、あいつらをぼっとりとした笑みで包み込んでしまうんだからさ！　お陰で、此《こ》の中《じゅう》、あいつらの聞き分けのよいこと……。おまけに、客という客が、お由良さんの歓心《かんしん》を買おうとしてか、お菜の数を二皿か三皿増やすもんだから、売上も上々でさ。あの女《ひと》は拾いものだったよ……。口入屋に頼んでも、お由良さんほど好《よ》い女ごは廻されて来なかっただろうからさ！」

「ああ、まったく、おばちゃんの言うとおりだよ。貼《は》紙を貼ったのは大成功だ！　他《ひ》人《と》を見る目に厳しいあの親分でさえ、お由良さんには文句がねえようだったしよ……」

「文句がないばかりか、よくあんな女ごが見つかったよなって驚いてたからさ……。ただ、請人《うけにん》（保証人）がいねえのが気にかかる、本人の言葉を鵜呑《うの》みにするだけでなく、一度、横新町の裏店付近を探《さぐ》り、身許調《みもとしら》べをしてみる必要があるな、と言ってたんだけど、さあ、調べたんだか調べていないのか……」

「お務めが忙しくて、なかなかそこまで手が廻らねえんだよ。けど、今さら調べることァねえんじゃ……。こんなによくやってくれてるんだ。うちとしては文句のつけようがねえし、あの女《ひと》を叩いたところで埃《ほこり》なんて出やしねえんだからよ」

鉄平のその言葉に、こうめが目を三角にする。

「なんだえ、やけにあの女《ひと》に肩入《かたい》れするじゃないか！　おばちゃん、あたし、そろそろ床上《とこあ》げするよ。あたしが目を光らせていないと、この男《ひと》、でれでれと脂下《やにさ》がっちまうんだからさ！」

「床上げするのは構わないが、赤児《やや》、いや、お初ちゃんの世話もあることだし、こうめちゃんはまだ元のようには動けないんだよ」

おさわに窘《たしな》められ、こうめはぷっと頬を膨らませた。

「解ってるさ！　解ってるけど、たまに見世に出るのと出ないのとでは大違いなんだからさ！」

おやおや……。

おさわはくすりと肩を揺らした。

日頃は亭主を尻に敷《し》き、洟《はな》も引っかけないといった態度を取るこうめが、なんと、一丁前《いっちょうまえ》に肝精《きもせい》を焼いてみせるとは……。

そうして、いよいよ如月《きさらぎ》（二月）を翌日に控えてのことである。

八文屋は今朝も口切と同時にほぼ満席となり、お由良は飯台《はんだい》の上にずらりと並べられた大鉢《おおばち》、大皿《おおざら》のお菜を皿小鉢《さらこばち》に取り分けるのに大わらわであった。

「はい、お待たせ！　朋吉《ともきち》さんが煮染《にしめ》に鹿尾菜《ひじき》と大豆《だいず》の煮物《にもの》、法蓮草《ほうれんそう》の胡麻和《あ》え、切干大根《ほしだいこん》と油揚の煮物……。焼鯖《やきさば》はもう少し待って下さいね。それから、仙次《せんじ》さんがきんぴら牛蒡と高野豆腐《こうやどうふ》と椎茸《しいたけ》の含め煮、大根膾《だいこんなます》、小鰯《こいわし》の梅煮《うめに》、小松菜のお浸《ひた》し……。どちらも浅蜊《あさり》の味噌汁《みそしる》つきでしたよね？」

お由良が二人の飯台に、お菜を配る。

「大《て》したもんだぜ……。皆が一時《いちどき》に注文したというのに、何ひとつ、間違《まちげ》ェねえんだもんな！」

「あたぼうよ！　おめえとはここの出来が違うからよ」

仙次が頭を指差してみせる。

「置きゃあがれ！　おっ、お由良さんよ、こいつの味噌汁に唐辛子《とうがらし》でも振りかけてやってくんな！」

朋吉が憎体《にくてい》に言うがお由良は意に介《かい》さず、続いて高田誠之介《たかだせいのすけ》が注文したお菜を取り分ける。

「お待たせしました。高田さまは小鰯の梅煮に煮染、雪花菜《きらず》、ぴり辛蒟蒻《からこんにゃく》でしたわね。それに八盃豆腐《はちはいどうふ》……。八盃豆腐のほうはもう暫くお待ちを……」

「おお、済まない。ところで、お由良さんのご亭主の先々代は佐倉藩の藩士だったとか……。それがしの朋輩《ほうばい》にも佐倉藩の浪士がいるのだが、ご亭主の名はなんと言われる？」

誠之介には他意《たい》はなく、単に世辞口《せじぐち》のつもりでそう訊ねたのであろう。

が、お由良はさっと頰を強張《こわば》らせた。

「藩士といいましても、なにぶん三代も前のことで、浪々の身となって久しいものですから、今さら、他人《ひと》さまの前で、名をさらすことはないと、うちの男《ひと》にきつく言われていますので……」

お由良がそう言うと、まるで計ったかのように板場から声がかかった。

「鯖焼が上がったぜ！　お由良さん、早く味噌汁を運んでくんな」

「申し訳ありません。忙しいもので……」

お由良は助かったとばかりに板場に消えた。

誠之介が隣に坐った岩伍《いわご》に肩を竦めてみせる。

「変なのっ！　名を訊いただけなのによ」

「そりゃよ、高田さまみてェに浪人の身を屁《へ》とも思わねえ者もいれば、恥と感じる者もいるってことでよ。人はさまざま……。まっ、余計《よけい》なことに口を挟まねえに限るってもんでよ！」

岩伍はさして興味はないといった顔で呟いた。

その後も、勘定《かんじょう》を済ませて帰る客、新しく入ってくる客で、お由良は席の暖まる暇がないほどの忙しさであった。

「毎度有難うございます。ご飯と味噌汁、それにお菜が五品で、締めて、五十六文。こちらのお客さまが、ご飯と味噌汁、お菜六品で六十四文、毎度あり！　あっ、いらっしゃいませ。今、飯台の上を片づけますんで、少々お待ちを……」

八文屋では、何を注文しても一品八文と決まっていて、皿小鉢の数を数えるだけで済むので、計算が速い。

お由良はさっと目で皿数を数え、鳥目《ちょうもく》（代金）を受け取ると、飯台の皿小鉢を片づけ、新規の客を飯台に導《みちび》く。

そうして、朝餉客の波が過ぎれば、すぐさま昼餉の客がやって来る。やっとひと息吐《つ》けるのは、中食時の波が去った八ツ（午後二時）頃で、それからが店衆たちの中食となるのである。

八文屋では、亀蔵がいるときには食間で中食を摂《と》るが、いないときには見世で摂ることにしていた。

見世にいれば、いつ客が来てもすぐさま対応できるというのが理由であったが、お由良が八文屋の一員となってからは、お初から目の離せないこうめを除《のぞ》き、鉄平もおさわも見世で中食を摂ることにしていた。

「お由良さんが来てくれるようになって、今日で三廻《みまわ》り（三週間）か……。今日は晦日《みそか》なんで、初のお手当を渡すことになるんだが、よくやってくれたんで、ほんの少し色をつけておいたからさ」

おさわが饂飩《うどん》を啜《すす》りながら言う。

「有難うございます。助かりますわ。お手当もあたしの我儘《わがまま》で月払いにしていただき、感謝しています。節季払《せっきばら》いだと、とても店賃《たなちん》や薬料《やくりょう》（治療費）が払えませんので、本当に有難く思っていますのよ」

お由良は気を兼ねたように言った。

「けど、おまえさんも偉いね。そうやって、女ごの細腕でご亭主の世話をしているんだもんね……。もう少し住まいと見世が近ければよかったんだが、芝あたりでは雇ってくれる見世がなかったのかえ？」

「求人の貼紙を出した見世はあったのですが、請人もなく、労咳病《や》みの亭主を抱えたあたしが疫病神《やくびょうがみ》のように思えたのか、どこからも断られました。病人を抱えているので六ツ半（午後七時）には上がりたいといったのも断られた理由の一つと思います。当然ですよね。六ツ半といえば、見世がまだ立て込んでいるとき……。そんなときに帰らせてくれと言うのが無理な話ですもの……」

「まあね。幸い、うちは居酒屋と違い、酒を飲む客が少ないからね。遅くても、五ツ（午後八時）には山留になるんで、おまえさんに半刻《はんとき》（一時間）早く帰られても、どうにか廻していけるのさ」

「してみると、お由良さんはこの見世に来るべくして来たってことになる……。縁があったってことだ！」

鉄平も仕こなし顔に言う。

「あっ、そうだ！　今日は晦日なんで、魚屋、青菜屋、乾物屋《かんぶつや》と、次々に掛け取りが来るからさ。来たら、ちょいと声をかけておくれ」

おさわがそう言い、見世の金箱から懐紙《かいし》に包んだ金包みを取り出し、はい、これが今月のお手当だよ、とお由良に手渡す。

金箱の中には、仕入れ先に渡す金が小分けにされて、金包みにされていた。

「有難うございます。大切に使わせてもらいます」

お由良は頭を下げ、帯の間に包みを仕舞った。

中食が済むと、夕餉の仕込みが待っていて、ことに客に好評の煮染はこれで三度目の仕込みとなり、おさわも鉄平も大忙しであった。

それで食器を洗うのはお由良の仕事となり、お由良は洗い物を片づけると、見世のほうに出て行った。

客のいない合間を縫《ぬ》い、見世の掃除でもしているのであろう……。

おさわも鉄平もそう思っていたのである。

ところが、見世のほうから掛け取りが声をかけてきて、二人ともお由良が見世にいないことを知った。

「嫌だね、お由良さんたら……。掛け取りが来たら声をかけてくれと言っておいたのに……」

おさわがぶつくさと呟きながら見世に出て行く。

掛け取りは魚屋の手代であった。

「ごめんよ、待たせちまって……」

おさわは金箱の蓋を開け、目を点にした。

魚屋に渡す金包みばかりか、金箱の中がきれいさっぱりかっ攫《さら》われていたのである。

しかも、天井から吊《つる》した笊《ざる》に入れた今日の売上までが、一文も残すことなく消えているではないか……。

やられた！

おさわの胸が早鐘《はやがね》を打った。

「大変だ！　鉄平、来ておくれ！」

おさわが甲張った声で鉄平を呼び立てる。

鉄平は驚いたように見世に出て来ると、おさわが指差した空《から》の金箱を目にし、瞬時《しゅんじ》に事情を察した。

鉄平がさっと色を失い、慌てふためいたように見世の外に飛び出して行く。

「糞ォ！　どこにもいねえ……」

表から鉄平の気を苛ったような声が聞こえてくる。

何があったのか事情の解らない魚屋の手代が、とほんとした顔でおさわに訊ねる。

「一体《いってえ》、何がありやしたんで？」

「おまえさん、うちから出て行く女ごを見なかったかえ？」

「女ご？　いや……。それが、あっしが来たとき、油障子《あぶらしょうじ》が開けっ放しになっていやしてね。夏場ならいざ知らず、妙だな？　と思いやしたが、女ごって、一体《いってえ》、誰のことを言っていなさるんで……」

魚屋の手代が知らなくても無理はなかった。

掛け取りは毎月晦日にやって来るのだが、先月の末にこの男が来たときには、お由良はまだここにいなかったのである。

「先《さい》つ頃《ごろ》、雇ったばかりの小女なんだがね。今日は晦日なんで、掛け取りが来たら板場に声をかけてくれと言っておいたんだよ。ところが、ちょいとあたしたちが目を離した隙《すき》に、これだもの！　ああ、あたしはなんて間《ま》抜《ぬ》けなんだろうか……。あの女《あま》、なんてふてらっこい（図々《ずうずう》しい）女ごなんだろう！　ここが車町《くるまちょう》の親分の見世と知っていて、金を掻《か》っ払っていったんだからさ」

魚屋の手代が目をまじくじさせる。

「なんと、大《て》《え》した度胸《どきょう》じゃねえか……。おっ、待てよ……。どこかでこれに似たような話を聞いたことがあるような……。いや、この界隈の話じゃなくて神田なんだがよ。やけに品《ひん》をした女ごが病の亭主を抱えて大変だとかなんとか泣き言を並べ立て、請人もなしに雇人《やといど》（臨時雇い）として見世に潜《もぐ》り込み、暫くの間は痒《かゆ》いところに手が届くような我勢《がせい》ぶりを見せるものだから、すっかり周囲《まわり》の者が信用し気を許した途端、隙を見て見世の金をくすねてドロン……。ところがまあ、この女ご、虫も殺さねえような顔をしたぼっとり者（美人）ときて、誰もがつい油断してしまうそうで……。もしかすると、ここにいた女ごというのは、神田で盗みを働いた女ごと同一人物なんじゃ……」

そこに、表を捜していた鉄平が戻って来る。

「お由良の奴、どこにもいねえ……」

「差出《さしで》するようですが、こうなったからには、一刻も早く自身番に届け出るべきじゃねえかと……」

魚屋の手代がそう言うと、おさわが悲痛の声を上げる。

「自身番に届け出るといったって、ここは亀蔵親分の見世なんだよ……。そんな赤っ恥《ぱじ》を掻《か》くようなことが出来るわけがないじゃないか！　ああ、一体どうしたらいいんだか……。けど、魚平《うおへい》には関係のないことだからね。済まないね、今、お金を持ってくるから待っていておくれ」

おさわはそう言うと、見世の奥に入っていった。

頭の中で、盗《と》られた金を計算してみる。

魚屋に二分、青菜屋に一分、乾物屋に豆腐屋と、お由良への手当や今日の売上をザッと見積もって、締めて一両二朱……。

これで八文屋がどうこうなるというわけではないが、金の額よりも、お由良に無礼《なめ》られたことが悔しくて堪らない。

おさわはふうと肩息《かたいき》を吐くと、食間に上がって行った。


おりきは中庭で多摩《たま》の花売り三郎《さぶろう》を相手に花を選んでいた。

「よく、三角草《みすみそう》が手に入りましたね」

「たった二輪《にりん》で申し訳ありやせん。この時季《じき》は本当に花が少なくて……。もう少し待って下されば、節分草《せつぶんそう》や木瓜《ぼけ》、幣拳《しでこぶし》といったものが持って来られやすが、現在《いま》は蠟梅《ろうばい》や梅、水仙《すいせん》といったものばかりで、女将さんには物足《ものた》りねえのでは……」

「いえ、三角草が二輪手に入っただけで満足ですわ。それはそうと、お義父《とう》さまの容《よう》態《だい》はいかがですの？」

三郎は困じ果てたように目を瞬いた。

「なんせ、歳が歳なものでやして……。この冬の寒さは格別堪《こた》えたようで、やれ神経痛が腰痛《ようつう》がと繰言《くりごと》ばかり募ってやしてね。そうそう、女将さんに宜しく伝えてくれと言ってやした」

「そうですか……。喜市《きいち》さんとは永《なが》い付き合いですからね。このところお逢い出来ないので寂しくて堪りません。早く元気になられ、もう一度顔を見せてほしいとわたくしが言っていたと伝えて下さいね。それで、しずかちゃんは？　確か、年が明けて二歳……。もうアンヨは出来ますか？」

「いや、それがまだで……。あの娘《こ》はどこかしらおっとりとした娘《こ》で、がらっぱちな母親のおえんとは似ても似つかねえ、とおとっつァんが言ってやしてね。これはやはり、立場茶屋おりきの女将さんを頭に描《えが》き、しずか、という名にしたのが効《こう》を奏《そう》したに違《ちげ》ェねえと……」

「子供の成長は早いですもの、すぐに歩いたり話したりするようになりますことよ」

「いや、それが、つい先日、じいじ、と言いやしてね。まだ、ちゃんもかあちゃんも言えねえのに、じいじ、とだけ言えたと、おとっつァんが大悦《おおよろこ》びでやしてね」

おりきにも喜市の爺莫迦ぶりが目に見えるようであった。

喜市の娘おえんと婿養子《むこようし》の三郎の間に娘のしずかが生まれたのが、去年の始め……。

丸一年が経ったのである。

このところ、老《お》いて野山に草花を採《と》りに行くことも、品川宿まで売りに来るのも大儀《たいぎ》になったという喜市だが、こうして孫娘の成長を目の当《ま》たりに出来るのであるから、まだ弱音《よわね》を吐いてはいられないだろう。

「では、今日は三角草と蠟梅、水仙、紅白の梅を貰いましょうか」

おりきがそう言ったとき、茶屋の通路から亀蔵が苦虫《にがむし》を嚙み潰《つぶ》したような顔をして中庭に現れた。

「まあ、親分、随分《ずいぶん》と疲れた顔をなさって、一体どうしましたの？」

「どうもこうもねえよ！」

亀蔵が苦々《にがにが》しそうに毒づく。

おりきは慌てて三郎に代金を払うと、求めた花を手桶《ておけ》に浸《つ》け、亀蔵に帳場で待っているようにと目まじした。

亀蔵が肩を揺らし、大股《おおまた》に旅籠へと歩いて行く。

「では、失礼いたします。喜市さんにくれぐれも宜しく伝えて下さいませ」

おりきは三郎に会釈をすると、帳場に急いだ。

帳場に入ると、亀蔵はいつもの定位置に坐り、継煙管《つぎきせる》に煙草《たばこ》を詰めていた。

「一体、どうなさいましたの？」

おりきが長火鉢の前に坐ると、茶の仕度を始める。

亀蔵は煙管に火を点《つ》け、長々と煙を吐き出した。

「それがよ、この前《めえ》、小女として雇った女ごだがよ、とんでもねえ女《あま》だったのよ！」

えっと、おりきが手を止め、驚いたように亀蔵を見る。

「ついこの間まで、出来た女ごだ、八文屋には勿体《もったい》ないほどの女ごだと言っていた、あの方ですか？」

「ああ、お由良というのだが、これだって、本当の名かどうか怪《あや》しいもんだ！」

亀蔵は忌々《いまいま》しそうに言うと、おりきにお由良が見世の金をくすねて逃げたことを話して聞かせた。

「どうでェ、十手持《じっても》ちの俺がなんと虚仮《こけ》にされたもんじゃねえか！　あの女《あま》、とっ捕《つか》まえたら、ただじゃ済まさねえからよ！　浪々の身で病となった亭主を抱えて横新町の裏店から通ってきているというのも、真っ赤な嘘《まかうそ》でよ。あれからすぐに横新町に駆けつけてみたんだが、お由良なんて女ごはどこにもいなかった……。勿論、病の亭主というのもいるわけがなくてよ。俺ャよ、てめえの迂闊《うかつ》さにうんざりしちまったぜ……。貼紙を見てあの女ごが雇ってくれと言って来たと聞いたとき、正な話、請人がいねえうえに、女ごの見てくれがあんましいいもんだから、妙に引っかかってよ……。こりゃ、一度、身許調べをしてみる必要があるなと思ってたんだが、つい目先のことにかまけちまって、そのうちそのうちと先延《さきの》ばししていたところ、なんと、この様《ざま》だ……。それもこれもお由良という女ごが出来すぎと思えるほど出来た女ごで、いや、そう見せかけてたんだろうが、客の受けも滅法界《めっぽうかい》いいもんだから、つい油断しちまったんだな……。俺ャ、恥ずかしくって、穴があったら入《へえ》りてェ……。なっ、おめえもそう思うだろう？　岡っ引きのこの俺が女ごの手玉《てだま》に取られたんだからよ。ヘン、俺も無礼られたもんじゃねえか！　こうなったからには、十手を返上する以外はねえのじゃねえかと……」

亀蔵が太息《ふといき》を吐く。

「十手を返上だなんて……。そこまで深刻《しんこく》に考えることはないのではありませんか」

「いや、十手返上は言葉の綾《あや》だが、それほど、此度のことは応《こた》えたってことでよ」

「それで、お由良という女《ひと》はまだ捕まらないのですか？」

「ああ、この界隈には影も形もねえ……。思うに、あの女ご、誰かと連《つる》んでいるに違《ちげ》ェねえんだ！　そいつがお由良を匿《かくま》い、二人して、次の獲物《えもの》を狙《ねら》っているのじゃねえかと……。あとで判ったことなんだが、人形町《にんぎょうちょう》で小料理屋が同じ手口でやられ、浅《あさ》草今戸《くさいまど》では茶飯屋《ちゃめしや》がやられたというからよ。うちの被害は一両二朱ってところで大《てえ》したことはなかったが、人形町や今戸は五両近く盗《ぬす》まれたというからよ……」

　亀蔵が蕗味噌《ふきみそ》を嘗《な》めたような顔をして、またもや溜息《ためいき》を吐く。

「金の問題ではなく、俺ャ、悔しくってよ……。あれ以来、ろくすっぽう喉にものが通らなくてよ。そしたら、みずきが心配《しんぺえ》して言うのよ。じっちゃん、明日は節分《せつぶん》だよ、貞乃先生から聞いたけど、節分に豆を蒔《ま》くのは、厄《やく》を祓《はら》うためだっていうから、明日はじっちゃんと一緒に豆を蒔いて禍《わざわい》や厄を祓おうねって……。ヘン、泣かせるじゃねえか……。そう、こうも言うのよ……。みずきは元気なじっちゃんが好きなんだ、彦《ひこ》蕎麦《そば》のおいねちゃんはじっちゃんがいつも大声で喚《わめ》くから怖いと言うけど、みずきはじっちゃんの大きな声が好きなんだ、それなのに、昨日から溜息ばかり吐いてるから心配《しんぺえ》で堪らなかったんだと……。なっ、可愛いことを言ってくれるじゃねえか。俺ャ、みずきに励まされたような気がしてよ……。いつまでもくさくさなんてしていられねえと、それで今日は、おめえに何もかもを吐き出して、勇気を貰おうと思いやって来たのよ」

「まあ、そうでしたか……。親分、みずきちゃんがいてくれて本当に良かったですわね。負うた子に教えられるとは、まさにこのこと……。みずきちゃんの言う、大きな声とは、親分の岡っ引きとしての自信のことだと思いますわよ。自信を持て……。みずきちゃんはそう言ってくれたのでしょうよ」

「ああ、きっとな……」

「でも、小女がいなくなったのでは、八文屋はまたもや人手不足で困ることになったわけですが、どうなさいます？　今度こそ、口入屋にお頼みになりますか？」

おりきが亀蔵の湯呑に二番茶を注ぎながら言う。

「いや、小女を雇うのには、もう懲《こ》りた。それで考えたんだが、お初に子守をつけることにしたのよ。幸い、こうめも床上げしたことだし、お運び程度は出来るからよ。こうめなら慣れた仕事だし、少々運ぶのに手間取ったところで、客も文句を言わねえ……。奴ら、下手に文句をつけると、逆に、怒鳴《どな》り返されるのを知っているからよ。子守は裏店の婆《ばあ》さんがやってくれるというし、暇を持て余している婆さんには打ってつけの内職だ……。小中飯《こじゅうはん》（おやつ）、中食つきで、そのうえ、小遣《こづかい》まで貰えるってんで、婆さんもほくほく顔でよ!」

やっと、亀蔵の顔に笑みが戻ったようである。

おりきも、やれ、と胸を撫で下ろした。

今日は追儺《ついな》である。

あすなろ園の子供たちが全員入口に立ち、鬼は外、福は内、と黄色い声を上げて豆を蒔いている。

鬼の面をつけ、裏庭を逃げ惑《まど》うのは下足番の吾平《ごへい》と見習の末吉……。

二人は豆をぶっつけられて、痛《いて》ェ、痛ェ、と大仰に悲鳴を上げては逃げ惑う。

おや、子供たちの中にみずきの顔も見えるではないか……。

おりきは中庭と裏庭を仕切る枝折戸《しおりど》の前に立ち、子供たちの嬉しそうな顔に目を細めた。

恐らく、みずきは八文屋を出る前に、亀蔵と一緒に豆蒔きをしてきたのであろう。

亀蔵が鬼になったのであろうか、それとも、鉄平が……。

ああ、やはり、此度はみずきの強い意思で、亀蔵は鬼を祓う役に就《つ》いたに違いない。
それでなければ、亀蔵の胸に巣《す》くった鬼は退治《たいじ》できないというもの……。
鬼やらひ……。
きっと、今頃、亀蔵は忌《い》まわしき想いを振り払い、爽《さわ》やかな気分に戻っていること
だろう。
「聞きやしたぜ。八文屋じゃ、大変《てえへん》なことがあったそうでやすね」
達吉が傍に寄って来る。
「えっ、ああ、そうらしいですわね。けれども、もう大丈夫ですよ。みずきちゃんが
親分と一緒に鬼やらひを済ませましたからね」
「鬼やらひを済ませたって……。豆蒔きをしたってことなんでしょうが、それが何か
関係があるんで？」
達吉が訝しそうに目をまじくじさせる。
「いえ、いいのですよ。親分も八文屋も、もうすっかり立ち直っていますのでね……。
さっ、大番頭さん、旅籠でも鬼やらひをしようではありませんか！」
おりきが振り返り、達吉に微笑みかける。
「ええっ……、やるんですかァ？」

「それはそうですよ。どうやら、鬼の役は大番頭さんが適任《てきにん》のようですわね」

おりきがそう言うと、再び、達吉が、ええっ、と大仰に驚いてみせた。

花篝
はなかがり

「橘屋《たちばなや》さま、宜《よろ》しゅうございますか？」

おりきが水屋《みずや》から声をかけると、此《こ》の中《じゅう》やっと声に張りが出て来た橘屋恭平《きょうへい》が、茶室の中から、やっ、女将《おかみ》か……、と答えた。

「構いませんよ。お入り下さい」

おりきが襖《ふすま》をそっと開け、盆を手に茶室に入ってくる。

「板頭《いたがしら》が土筆《つくし》で砂糖菓子《さとうがし》を作りましたので、お薄《うす》を一服《いっぷく》いかがと思いまして……」

「ほう、土筆で砂糖菓子とな……。それは美味《うま》そうではないか！　では、女将の点《た》てた茶を一服いただくことにしようか」

おりきはふわりとした笑《え》みを送ると、風炉釜《ふろがま》の湯を確かめ、茶の仕度《したく》を始めた。

「面差《おもざ》しにすっかり艶《つや》が戻り、安堵《あんど》いたしましたわ。この分なら、あと半月もすれば尾張《おわり》に向けて旅立つことが出来るかもしれませんわね」

「ああ、お陰で食欲も出て来たし、あとは弱った足腰《あしこし》を鍛《きた》え直すことだけです。まさか、旅の途中で急な病《やまい》に倒れるとは思ってもいませんでした。すっかり迷惑をかけてしまいましたね」

恭平が気を兼ねたようにおりきを窺《うかが》う。

「迷惑だなんて、滅相《めっそう》もございません。わたくしどもでは当たり前のことをしたまでです。素庵《そあん》さまもおっしゃっていましたが、疲れが溜《た》まっていたところに風邪《かぜ》を召され、それで肺に炎症《えんしょう》を起こしたのだろうと……。少し身体《からだ》を休めろということなのでしょうから、この際ゆっくりと静養なさることですわ。さっ、土筆を召し上がって下さいませ」

おりきが恭平の前に、漆塗《うるしぬ》りの皿に載《の》せた砂糖菓子を置く。

恭平は黒文字《くろもじ》を使い、土筆を口に運んだ。

「ほう、これが土筆とな……。成程《なるほど》、砂糖の甘みの中にほのかな苦《にが》みがあり、これはなかなかいけるではありませんか！」

恭平は初めて土筆を菓子で食べたとみえ、目から鱗《うろこ》が落ちたような顔をした。

おりきは茶筅《ちゃせん》を搔《か》き茶を点てると、恭平の前に置いた。

「あたしは無骨者《ぶこつもの》で、作法《さほう》など知りませんが……」

恭平はそう言いながらも掌《てのひら》に載せた抹茶茶碗《まっちゃぢゃわん》を右廻《みぎまわ》りに廻《まわ》すと、ツッと音を立てて茶を啜《すす》った。

そして、おりきの顔に目を据《す》えると、微笑《ほほえ》んでみせる。

「最初《はじめ》の晩、客室で夕餉《ゆうげ》膳《ぜん》のあとに頂《いただ》いたときにはさほど思わなかったが、お薄がこれほど美味いとは……」

「あのときは既《すで》に熱がおありになったのですよ。夕餉膳も半分以上残されましたものね……。下《さ》げられてきた膳を見て、板頭がもしかして口に合わなかったのだろうかと首を傾《かし》げていましたが、その夜のことですものね、高熱を発せられたのは……」

「ああ、真夜中だというのに、下足番に医者を呼びにやらせたり、大層な騒ぎを起こしてしまい申し訳なかった……。深川《ふかがわ》を発《た》つ際、妙に身体がぞくぞくすると思っていたのだが、まさか、あんなことになるとは……。だが、尾張屋《おわりや》が同行していたことや、立場《たてば》茶屋《ぢゃや》おりきに投宿《とうしゅく》していたことが幸いしましたよ。他の宿ならこのように懇切丁《こんせってい》寧《ねい》な看護は望めなかっただろうからね」

「何をおっしゃいます。わたくしどもでは橘屋さまを客室から茶室に移らせてしまったことが、心苦しくて堪《たま》りませんのよ。何ぶん、三月に入ってからは参勤交代《さんきんこうたい》で宿が立て込んでいまして、お武家さまが隣室とあってはおちおちと療養できないのではないかと思ったのですが、茶室はなんといっても狭《せも》うございます。しかも、このように鄙《ひな》びた佇《たたず》まいなので、心許《こころもと》なく思われるのではないかと案じていましたのよ」

「いや、ここは静かだし、人目《ひとめ》に立たなくて、これほど病人に相応《ふさわ》しい場所はありませんよ。お陰で、周囲《まわり》を気にせず、ゆっくりと休ませてもらうことが出来ました」

「でしたら、安心なのですけど……。そう言えば、朝餉《あさげ》を担当する板脇《いたわき》が悦《よろこ》んでいましたわ。昨日あたりから、やっと朝粥膳《あさがゆぜん》を余すことなく食べて下さるようになったと……」

おりきがそう言うと、恭平は頰《ほお》を弛《ゆる》めた。

「あの朝粥膳には驚きましたぞ！　羊歯《しだ》を敷《し》いた平笊《ひらざる》の上に、小鉢《こばち》、小皿《こざら》が十二品も載っているのですからね。どれもひと口で食べられる量で、見た目も実に見目《みめ》よいときて、しかも、粥がこれまた実に美味い！　女中の話では、あれは病人のあたしのために特別に作っているのではなく、泊まり客のすべてに出しているというではありませんか……。以前、泊まったときには、一汁三菜《いちじゅうさんさい》のごく普通の朝餉膳《あさげぜん》だったように思えるのだが、いつからこんなふうになったのですか？」

「驚かれまして？　皆さま、最初《はじめ》は粥と小鉢料理を見て驚かれますの……。いえね、四月《よつき》ほど前になりますかしら？　お客さまの中から、以前京《きょう》で食べた朝粥膳が忘れられないので、是非《ぜひ》、作ってほしいと要望が出ましてね。何しろ、わたくしどもでも初めてのことで、板頭や板脇が試行錯誤《しこうさくご》の末、あのような形を作ってみたのですが、これが存外に好評でしてね……。いっそ、立場茶屋おりきの朝餉は朝粥膳にしてはどうだろうということになりましたの。無論《むろん》、粥よりご飯《はん》のほうがよいと言われるお客さまにはご飯を出しますが、不思議なことに、十中八九まで、粥のほうを所望《しょもう》されますのよ」

「成程、それはよい思いつきだ……。若者なら、朝から粥では物足《ものた》りないかもしれないが、あたしのように三十路《みそじ》を過ぎた者には、お腹《なか》に優《やさ》しい粥のほうが合っていますからね。では、あの翌朝、尾張屋も朝粥膳を食べて岡崎《おかざき》に帰ったのですな?」

「ええ。橘屋さまのことをくれぐれも宜しく頼むと言われて……」

「尾張屋には悪いことをしてしまいましたよ。江戸に所用があるという尾張屋に無理を言って同行させてもらったのだが、帰路《きろ》、あたしが病に倒れたのだから、さぞや寝《ね》覚《ざ》めが悪かったのではなかろうかと……」

「ご案じなさいますな。尾張屋さまは大束《おおたば》なお方です。決して、そのようなことはお思いにならないでしょう」

恭平はつと眉根《まゆね》を寄せた。

「ならばよいが、あたしは個人的なことで人捜《ひとさが》しをしていたのだからよ……。五日も深川界隈《ふかがわかいわい》を彷徨《さまよ》い歩いていたのだから、風邪を拗《こじ》らせてしまっても仕方がありません。

罰《ばち》が当たったのでしょうよ。そう思うと、尾張屋に申し訳が立たなくて……」

えっと、おりきは驚いたように恭平を見た。

尾張屋も味噌問屋《みそどんや》ならば、橘屋も味噌問屋……。

てっきり、仕事のことで二人して江戸に出たのだと思っていたが、人捜しとは……。

「今、人捜しとおっしゃいましたが、それで、見つかったのですか？」

いやっ、と恭平は辛《つら》そうに首を振った。

「では、見つからなかったと……」

恭平は太息《ふといき》を吐《つ》いた。

「深川で見掛けたという情報を頼りに江戸に出て来たのですが、訪ねる先々で、確かにいることはいたが、現在《いま》はいないという答えばかりで、最後に訪ねた先で、ひと足遅かったことを思い知らされました……」

えっと、おりきは息を吞《の》んだ。

「それは……」

「既に亡くなったあとでした……」

「………」

おりきは言葉を失った。

なんと答えてよいのか判《わか》らない。

暫《しばら》く沈黙したあと、おりきはそっと恭平を窺った。

「失礼ですが、その方は？」

恭平が苦痛に満ちた顔をして、首を振る。

「いえ、止《よ》しましょう。思い出すだに辛い話ですので……」

ああ……、とおりきは恭平の苦悩を見てとった。

恭平に何があったのか定かでないが、恐らく、恭平は哀《かな》しみに打ち拉《ひし》がれ、それが病の原因《もと》となったのであろう。

ならば、やっと哀しみから立ち直りかけた現在《いま》、疵口《きずぐち》を抉《えぐ》るようなことをしてはならない。

「御殿山《ごてんやま》は桜が満開ですのよ、足慣《あしな》らしに少し散策《さんさく》なさいませんか？」

おりきは、無理して頬に笑みを貼《は》りつけると言った。

「もう桜がね……。江戸に出る頃にはあちこちで梅《うめ》や桃《もも》を見掛けたが、あたしが床についている間に雛《ひな》の節句《せっく》も終わったということですな……。いや、止しましょう。まだ、人溜《ひとだまり》の中に出ていく勇気はありません」

「では、中庭を散歩なさってはいかがですか？　御殿山のようにはいきませんが、うちにも二本ほど桜の木が植わっていますのよ」

「桜が……。前からありましたかな？」

恭平が訝《いぶか》しそうに首を傾《かし》げる。

「亡くなりました下足番の善助《ぜんすけ》が植えてくれましてね。やっと、去年辺りから花をつけ始めましたの」

「そうか、善爺《ぜんじい》がね……。その名の通り、人の善《よ》い爺《じい》さまだったが、亡くなってどのくらいになるのかな……」

「二年と少しになります。けれども、不思議なのですよ。現在《いま》でも時折、善助が生きていて、花畑の手入れをしてくれているように思えたり、裏庭から薪《まき》を割る音が聞こえてきたりすると、善助が威勢《いせい》良く斧《おの》を振り下ろしているように思ったりしますの……。ことに、善助が丹精《たんせい》を込めて育ててくれた草花が花をつけると、より一層近くにいるのを感じます。わたくしの中で、善助がまだしっかりと生きているということなのでしょうね……」

「では、気が向いたら、善爺が植えた桜を見てみましょう」

「それがようございますわ。では、わたくしはこれで……。時折、女衆《おなごし》に様子を見に来させますので、何かありましたら、なんなりと申しつけて下さいませ」

おりきは深々と頭を下げると、茶室をあとにした。

帳場に戻ると、大番頭の達吉《たつきち》が鼻眼鏡《はなめがね》を指で押し上げ、ちらとおりきを窺った。

「今宵《こよい》は播磨《はりま》竜野《たつの》藩《はん》の徒組《かちぐみ》二十名となってやすが、やはり、他は断ったほうがようございますすな？」

おりきは驚いて長火鉢《ながひばち》の傍《そば》に寄った。

「他はといいますと、どなたから予約があったのですか？」

「へえ、それが急な話でやして……。いえね、田澤屋《たざわや》の旦那が花見の宴《えん》を思い立ったので、忙しいのは解《わか》るがなんとか都合《つごう》をつけてくれないかと言われやしてね」

「花見の宴とは……。花見弁当を作れというのではなくて、うちで花見の宴を催《もよお》すということなのですか？」

おりきが目をまじくじさせる。

「へえ……。なんでも、先日来たときに、善爺が植えた桜が見頃になっているのに気がついたそうで……。と言っても、うちの桜は二本でやすぜ？　確かに桜には違《ちげ》ェねえが、花見の宴というのであれば御殿山に行かれればよいのでは、とあっしが言うと、てんごうを言うもんじゃない、田澤屋は喪中《もちゆう》だというのに、人目に立つ場所で花見の宴が設《もう》けられるわけがない、と木で鼻を括《くく》ったような言い方をされやしてね。二本だろうが花の数が少なかろうが、桜は桜！　板頭の料理が華《はな》を持たせるのだからそれでよい、と言われやして……。要《よう》は、花より団子《だんご》ってことなんだろうが、客室はお侍《さむれえ》で満杯《まんぱい》でやすからね。それで、広間なら使えないこともねえがと言ったら、大いに乗ってこられやしてね。二階でお武家に気兼ねしての宴席《えんせき》より、広間でのびのびと酒を飲むほうがどれだけいいかと……。けど、何しろ急な話なんで、そこまで巳之吉《みのきち》の手が廻《まわ》るかどうか……」

達吉が蕗味噌《ふきみそ》を嘗《な》めたような顔をする。

「それで、巳之吉はなんと？」

「いや、まだあいつには言ってやせん。巳之吉に訊《き》く前《めえ》に、女将さんの腹を確かめておいたほうがよいかと思いやして……」

おりきは暫《しば》し考えた。

田澤屋伍吉《ごきち》の頼みとあれば、無下《むげ》に断るわけにはいかないだろう。

が、端《はな》から判っているのであれば巳之吉も花見膳《はなみぜん》の仕入れをしたであろうが、今宵のことを今になって言われたのでは……。

おりきは達吉に目を据えると、

「巳之吉に可能かどうか訊《たず》ねてみましょう。すべてはそれからです」

と言った。

達吉が巳之吉を呼びに板場へと出て行く。

何故《なぜ》かしら、おりきは巳之吉なら少々無理をしてでも花見膳を請《う》けるような気がした。

と言うのも、参勤交代の侍には古式に則《のっと》り本膳《ほんぜん》を出すのが恒例《こうれい》となっていて、会席《かいせき》、創作料理に拘《こだわ》る巳之吉には些《いささ》か物足りないに違いない。

が、参勤交代の多い二月《ふたつき》ほど辛抱《しんぼう》すればよいのであるから、その間、巳之吉は辛抱の棒が大事とばかりに堪《た》えているのだった。

「お呼びでしょうか」

巳之吉が声をかけて帳場に入って来る。

おや、巳之吉の後に続いて入って来た達吉の顔が、どこかしら綻《ほころ》んでいるではないか……。

達吉はしたり顔をして頷《うなず》いてみせた。

「女将さん、どうでェ！　巳之吉の奴、花見膳と聞いて、一も二もなく承知しやしたぜ」

「巳之吉、今朝の仕入れで花見膳が作れるのですか？」

おりきがそう言うと、巳之吉はポンと胸を叩《たた》いた。

「なんとか、現在《いま》ある材料で作ってみやす。さほど手の込んだものは作れねえかもしれやせんが、田澤屋の旦那の好みは解ってやすんで……。しかも、聞くと、三人前だそうで……。花見膳というより花見弁当に近ェ《ちけ》ものになるかもしれやせんが、やってみやしょう」

「おまえがそう言うのであれば、委《まか》せましょう。けれども言っておきますが、くれぐれも本膳に不足が出ないようにしなくてはなりませんよ」

「へい、解ってやす」

巳之吉が板場に下がって行く。

「じゃ、早速《さっそく》、正式に請けたと知らせに、末吉《すえきち》を田澤屋まで走らせやしょう」

達吉はそう言い、下足番見習の末吉に伝えに行くと、すぐに戻って来た。

「それで、橘屋さまの具合はいかがでやした？　様子を見に行かれたんでやしょう？」

「えっ、ああ……。随分《ずいぶん》と顔色が良くなられて、あの分なら、三月の末には旅立てるのではないかと思いますよ」

「そいつァ良かった！　けど、驚きやしたぜ。一時はどうなることかと案じ、尾張まで早飛脚《はやびきゃく》を立てようかと思いやしたが、素庵さまの生命《いのち》に関《かか》わるほどではなかろうという言葉に、やっと安堵の息を吐いたってもんで……。けど、これまでは風邪くれェと莫迦《ばか》にしてやしたが、あそこまで酷《ひど》くなるのかと思うと、鶴亀鶴亀《つるかめつるかめ》……。風邪も無《な》礼《め》てかかっちゃならねえってことなんでやすね」

おりきがふうと肩息《かたいき》を吐く。

「えっ、何か？」

達吉が怪訝《けげん》な顔をする。

「それが、どうやら橘屋さまの病は風邪が原因《もと》というだけではないようなのですよ」

「と言いやすと？」

達吉がとほんとする。

「恐らく、橘屋さまは心に深い疵《きず》を抱《かか》えておいでなのでしょう」

「疵？　疵とは……」

「それは解りません。それとなく訊こうとしたのですが、橘屋さまは口にするのもお辛いようで、現在《いま》はそっとしておくことにしましたの」

「さいで……。まっ、三十路を過ぎた男に無理に質《ただ》そうというのがそれこそ無茶な話で、差出《さしで》ってもんでやすからね。けど、俺《おり》ャ、ひとつ気にかかっていることがありやしてね。と言うのも、橘屋さまが病に倒れたのが二月も二十日過ぎだ……。俺ャ、すぐさま、その旨《むね》を文に認《したた》め尾張に出しやした。ところが、橘屋からはうんともすんとも言ってこねえ……。ねっ、妙じゃありやせんか？　大店《おおだな》の主人《あるじ》ともなれば当然内儀《ないぎ》もいるだろうし、番頭だっている。それなのに、主人が病だというのに梨《なし》の礫《つぶて》とは……」

達吉が喉《のど》に小骨が刺さったような顔をする。

「それは、ご家族が先に帰られた尾張屋さまから事情を聞かれたからでしょうよ。橘屋さまは決して大袈裟《おおげさ》に騒がないように伝えてくれと念を押され、尾張屋さまに手を合わせておられましたからね。それに、橘屋さまはここでの逗留《とうりゅう》が長くなるかもしれないと思い、掛かり費用として財布《さいふ》ごとわたくしどもに預けられたのですからね。大番頭さんだって、手にした財布の重さに驚いていたではないですか！　十両や二十両の重さではないと……」

「まっ、それはそうなんでやすがね。俺だって鳥目《ちょうもく》（代金）や医者に支払う薬料《やくりょう》（治療費）のことは心配《しんぺえ》してやせん。けど、決して騒ぐなと言われたからって、家人《かじん》や店《たな》衆《し》が主人《あるじ》のことを放っておけるでしょうかね……。女将さんがあの旦那の女房だとしたら、どうしやす？　たとえ行くなと止められたって、亭主の許《もと》に駆けつけるのではありやせんか？」

達吉がおりきを瞠《みつ》める。

おりきは頷いた。

言われてみれば、達吉の言うとおりなのである。

が、人は様々《さまざま》……。

駆けつけたくてもそうできない事情があるのかもしれないし、高熱を発し体調を崩《くず》してしまうほど悶々《もんもん》としている恭平を見ると、何やら、そこには深い理由《わけ》があるように思えてならない。

「とにかく、もう暫《しば》く様子を見てみましょう。橘屋さまも体力が恢復《かいふく》すれば気持に折り合いがつき、何かお話しになるかもしれませんのでね。わたくしたちに出来ることは、それまでそっと見守って差し上げることです」

達吉も納得したように頷く。

その刹那《せつな》、おりきにある想《おも》いが閃《ひらめ》いた。

おりきがつと立ち上がると、達吉が何事かといった顔で目をまじくじさせる。

「大番頭さん、もう一度、巳之吉を呼んで……、いえ、わたくしが板場に参りましょう」

おりきはそう言うと、板場側の障子《しようじ》をするりと開けた。

「女将さん、一体《いつてえ》……」

途方《とほう》に暮れた達吉の声を後目《しりめ》に、おりきは板場に急いだ。

「巳之吉！　早く、早く……」

おりきが板場の上がり框《かまち》から手招きをすると、鯛《たい》を下《お》ろしていた巳之吉が驚いたように寄って来る。

「何か……」

「これから田澤屋さんの花見膳の仕度をしますわよね？　悪いのですが、もう一人前、弁当として作ってくれませんか？　それも夕餉ではなく、中食用《ちゆうじきよう》に……。決して大《おお》仰《ぎよう》な弁当でなくてよいのですよ。春らしく、気分が晴れ晴れとすれば、それでよいのですから……」

おりきが巳之吉の目を瞠める。

巳之吉の目が、納得したとばかりにきらと光った。

さすが、打てば響《ひび》くとはこのことである。

「解りやした。橘屋さまに召し上がっていただくのでやすね？　ようがす、病《や》み上がりに相応《ふさわ》しい花見弁当を作ってみやしょう」

巳之吉が目まじする。

「有難《ありがと》うよ！　ああ、そうだ……。今、一人前と言いましたが、二人前にして下さらないこと？」

「解ってやすよ。女将さん、橘屋の旦那と善爺の桜の下で二人だけの花見の宴をと思っておられるのでやしょう？　どういうわけか、今日は山菜《さんさい》を大量に仕入れてやしてね……。春らしく、摘《つ》み草籠《くさかご》に摘み草料理を考えてみやしょう」

おりきは感激のあまり、思わず巳之吉の手を握った。

「有難うよ、本当に有難うね！」

おりきがそう言い、巳之吉の手をゆさゆさと揺《ゆ》する。

巳之吉は照れたように目を伏せた。

「止して下せえ……。小っ恥《ば》ずかしくって敵《かな》わねえ……」

板場衆《いたばし》の目が、一斉《いっせい》におりきと巳之吉に注《そそ》がれている。

おりきはそのことに気づき、ハッと巳之吉の手を放した。

「ごめんよ。悪かったね……」

巳之吉の頬が、見る見るうちに紅《あか》く染まっていった。

橘屋恭平はおりきに中庭で桜を見ながら弁当を食べないかと誘《さそ》われ、鳩が豆鉄砲《まめでっぽう》を食ったような顔をしたが、おりきの手にした摘み草籠弁当を見ると、戸惑《とまど》いながらもついて来た。

築山《つきやま》の傍に植わった桜の木の下には茣蓙《ござ》が敷《し》かれ、その上に一段重《いちだんじゅう》と盆が置かれていて、盆の上に取り皿や箸《はし》、お茶の入った小筒《ささえ》が仕度されている。

おりきは茣蓙の前で草履《ぞうり》を脱《ぬ》ぐと、恭平に坐《すわ》るように目で促《うなが》した。

そうして、恭平の前に摘み草籠を置くと、重箱《じゅうばこ》の蓋《ふた》を開ける。

重箱の真ん中に、青竹を器《うつわ》にした菜の花の辛子和《からしあ》え……。

それを取り囲むようにして、筍土佐煮《たけのことさに》、蕗、車海老吉野煮《くるまえびよしのに》、鰻巻玉子《うなぎまきたまご》、鱒幽庵焼《ますゆうあんやき》、鰤照焼《ぶりてりやき》、辛子蓮根《からしれんこん》、鰻八幡巻《やわたまき》、空豆《そらまめ》、豆ご飯の握《にぎ》りが彩《いろど》りよく配されていて、そのところどころに花弁百合根《はなびらゆりね》を散らしてある。

そうして、摘み草籠のほうはと言えば、鯖寿司《さばずし》、こごみの味噌漬《みそづけ》、川海老《かわえび》の唐揚《からあげ》、根曲《ねま》がり竹の木の芽焼、そして楤《たら》の芽、蕗の薹《とう》、蓬《よもぎ》の若芽《わかめ》、虎杖《いたどり》の若芽、紫雲英《げんげ》の花などの天麩羅《てんぷら》が……。

若芽の緑の中にあり、紫雲英の桃色《ももいろ》がいかにも色鮮《いろあざ》やかである。

「これは……」

恭平は目を瞬《しばた》いた。

おりきが恭平に取り皿と箸を手渡すと、さっ、頂《いただ》きましょうか、と促す。

「急なことで、大したものは作れなかったと板頭が言っていましたが、いかにも春が来たって感じがしますでしょう？　それに部屋の中でなく、こうして桜の花の下で頂けるのですもの、風情《ふぜい》がより一層料理を引き立ててくれるようです」

おりきはそう言うと、率先《そっせん》して取り皿に豆ご飯の握りや鰻巻玉子、楤の芽の天麩羅を取り分ける。

すると、恭平も後に続き、筍土佐煮と蕗、鰻八幡巻へと箸を伸ばす。

そうして、八幡巻きを口に含むと、思わず相好《そうごう》を崩した。

「ああ、なんて美味いんだろう……」

恭平の感無量《かんむりょう》といった表情に、おりきは驚いて目を瞬いた。

「おや、どうしました？」

なんと、恭平の目が涙で潤《うる》んでいるのである。

恭平は慌てて指先で涙を拭《ぬぐ》うと、済まない……、と呟《つぶや》いた。

「これはあたしを励まそうと思い、女将が考えてくれたことなんだね……。有難うよ。女将の温かい気持が痛いほどに伝わってきます。そうだよね、いつまでもくさくさしていてはいけないんだね」

「そうですわよ。美味《おい》しいものを食べると、誰しも生きていて本当に良かったと思えますし、前を向いて歩いて行く勇気を貰《もら》えたように思えるものです。さあ、せっかくの板頭の心尽《こころづ》くしです。頂きましょうよ！　わたくしもこんなことでもないと、お客さまと膳を囲むことなんてありませんからね。正直に言って、橘屋さまに感謝していますのよ」

おりきがそう言ったとき、緩《ゆる》やかな風が頰や項《うなじ》を撫《な》でていき、ひらりひらりと恰《あたか》も舞《まい》を舞《ま》うかのように目の前を桜の花弁が舞っていった。

おや、恭平の髷《まげ》の上にも、花弁が……。

「橘屋さま、御髪《おぐし》に……」

おりきがそう言うと、恭平は目を細め、桜を見上げた。

「枝垂れ桜ですね。桜はなんと言っても枝垂れのものです……」

恭平がしみじみとした口調で呟く。

どうやら、やっと恭平にも桜を愛《め》でる余裕《ゆとり》が出て来たようである。

おりきの胸が温かいもので包まれていった。

恭平は用意した弁当を余すことなく平《たい》らげてくれた。

「少し肌寒くなってきたようです。小筒にお茶の用意をしてきましたが、やはり、茶室で温かいお茶を頂きましょうね」

おりきは茣蓙の上を片づけると、恭平に微笑みかけた。

そうして、茶室に戻り水屋から茶櫃《ちゃびつ》を運び込むと、茶の仕度を始める。

恭平は躙口《にじりぐち》から中庭を眺《なが》めながら、誰に言うともなしに呟いた。

「久し振りに外の空気を吸ったが、やはり、いいもんだな……」

「そうですわよ。空も空気も長い冬から目覚め、毎日少しずつ春を運んで来てくれていますからね。さっ、お茶が入りました。まだ新茶には少し早いのですが、美味しく入ったことと思います」

おりきが茶台《ちゃだい》の上に蓋付湯呑《ふたつきゆのみ》を載せ、恭平の膝元《ひざもと》に差し出す。

恭平は蓋を取ると茶を口に含み、目許《めもと》を弛めた。

「ああ、なんて美味いんだ……」

恭平はそう言うと湯呑を茶台に戻し、改まったようにおりきに目を据えた。

「女将、聞いてもらえますかな？」

おりきの胸がきやりと揺れた。

やっと、恭平が胸の内をさらけ出す気になったのである。

「畏《かしこ》まりました」

おりきがふわりとした笑みを返す。

「今朝、あたしが江戸に出たのは人捜しのためだったと話しましたよね？」

「ええ、お聞きしました」

「実は、あたしとは腹違いの義妹《いもうと》の行方《ゆくえ》を捜していたのです」

「まあ、義妹《いもうと》さんの……」

「夏香《なつか》というのですが、実はあたしの父親《てておや》がお端女《はした》に産《う》ませた娘で……」

恭平は辛そうにつと顔を曇《くも》らせた。

「歳《とし》はあたしと一歳も違いません。つまり、あたしが母親の腹の中にいた頃にそのお端女はお手つきとなったわけで、母はお端女が子を宿したことを知り激怒しました。即刻《そっこく》、身重のお端女に暇を出すと、二度とその女《おな》ごに逢《あ》わないと父に誓《ちか》わせたのです。

父は婿養子だったので、母に逆《さか》らうことなど出来なかったようです。無論、あたしも八歳になるまで自分に義妹《いもうと》がいるとは知りませんでした。ところが……」

恭平はそこで言葉を切ると、苦渋《くじゅう》に満ちた表情をし、当時を思い出すかのようにゆっくりと話し始めた。

「あたしが八歳、勿論《もちろん》、夏香も八歳なのですが、突然、父が夏香を連れ帰ってきましてね。なんでも、夏香の母親は夏香を産んで間なしに亡くなり、実家《さと》の祖父母も亡くなってしまったものだから、他に身寄りのない夏香が路頭《ろとう》に迷うことになってしまったというのです。知らせを聞いた父には夏香を放《ほう》っておくことが出来ず、それで、母の前で土下座《どげざ》して夏香を娘として引き取ってくれないかと懇願《こんがん》したのです。母は不承《ふしょう》不承《ぶしょう》ながらも夏香を引き取ることを承諾しました。母にとっては憎《にっく》き女ごはもうこの世にはいないし、橘屋にはあたし以外に子がいませんでしたからね……。あたしは突然義妹《いもうと》が出来たことに戸惑いましたが、夏香というのはそれは愛らしい娘で、すぐにあたしに懐《なつ》いてくれましてね。正《まさ》な話、一人っ子でそれまで大人に囲まれて暮らしてきたあたしには仲間が出来たようで嬉《うれ》しくて堪りませんでした。何しろ、ほんの僅《わず》かであるとはいえ、歳上《としうえ》のあたしが兄貴ぶることが出来るのですからね。けれども、そんな暮らしも長くは続きませんでした……」

恭平が深々と溜息《ためいき》を吐く。

「長く続かなかったとは？」

「あたしが元服《げんぷく》を済ませた頃でした。父が卒中《そっちゅう》で呆気《あっけ》なくこの世を去ってしまったのです」

「では、あなたさまが若くして橘屋の身代《しんだい》を継《つ》ぐことになられたのですね」

「ええ……。ですが、それだけではありませんでした。母は父が亡くなると、夏香の人別《にんべつ》を橘屋から抜き、身分をお端女に落としてしまったのです」

あっと、おりきが息を呑む。

恐らく、恭平の母親はそれまでの宿怨《しゅくえん》を晴らす意味で、亭主亡き後、そんな腹いせをしたのに違いない。

だが、夏香の衝撃はいかほどであっただろう……。

八歳の頃に初めて出逢えた父親《ておや》にまで死なれ、今や、身寄りは腹違いの義兄《あに》ただ一人……。

そのうえ、橘屋の娘という肩書《かたがき》まで奪われ、お端女の一人に格下げされてしまったのである。

「夏香は素直に従いました。そればかりか、元々百姓家の娘で約《つづ》まやかな立行《たちいき》をしていましたので、働くことを厭《いと》いません。母から毒のある言葉を投げつけられても、嫌《いや》な顔ひとつ見せずに、それはよく我勢《がせい》していました。あたしはそんな夏香を見るに忍びなく、母の目の届かないところで、慰《なぐ》めたり励ましたりしていたのですが、いつしか、寝ても覚めても夏香のことが頭から離れなくなりましてね……。嗤《わら》って下さっても構いません。腹違いとはいえ、あたしと夏香は義兄妹《きょうだい》なのです。それなのに、あたしは夏香に邪《よこしま》な気持を抱《いだ》いてしまったのですからね……。今思えば、夏香もきっとあたしと同じ想いでいたのだろうと思います。一度だけ、蔵《くら》の陰で夏香を慰めていて、つい感情が抑《おさ》えきれずに抱き締めたことがあります。ところが、それを店衆の一人に見られていたから堪りません。しかも、すぐさまそのことが母の耳に入ったものだから、目も当てられない……。怒髪天《どはってん》を衝《つ》いた母は夏香を呼びつけると、この泥棒猫《どろぼうねこ》、母親が母親なら、娘も娘！　どうせ息子を誑《たぶら》かし、橘屋の娘、いィんや、いずれ内儀に収まろうという魂胆《こんたん》なのだろうが、そんな犬猫にも劣る理道《おとり》に外《はず》れたことは決して許さない、今まで面倒を見てやった恩を忘れ、飼い犬に手を嚙《か》まれるとはこのことだ、とありとあらゆる罵詈雑言《ばりぞうごん》を浴《あ》びせかけると、夏香を橘屋から追い出してしまったのです……」

そこまで言うと、恭平は堪《こら》えきれずにくっと肩を顫《ふる》わせた。

「あたしはなんという意気地《いくじ》なしで不甲斐《ふがい》ない男なのでしょうか……。夏香を庇《かば》ってやることも護《まも》ってやることも出来なかったのですからね。誰一人頼る者のいない、二十一歳になったばかりの女ごが、それから先、辿《たど》る道は見えていたのに……」

恭平の頬を涙が伝う。

「では、その後、夏香さんの行方は判らないままで？」

恭平は俯《うつむ》いたまま頷いた。

「捜そうとしました。ですが、橘屋の主人《あるじ》といっても若輩者《じゃくはいもの》のあたしにはなんら手立てがなく、母は一時《いっとき》も早くあたしに夏香のことを忘れさせようと、ありとあらゆる縁談に飛びつきました。けれども、あたしはそんな母に抗《あらが》う唯一《ゆいいつ》の手段として、来る話、来る話、悉《ことごと》く突っぱねました。とは言え、その後も夏香の行方は判らないままで、あたしもいい加減《かげん》母と言い争うのにうんざりしていましたので、三十路を境《さかい》に遠縁の家から嫁を取り、身を固めました。が、それも長くは続かなかった……。と言うのは、所帯を持ってからも、あたしの心の中から夏香が消えることがなかったからなのです。あるとき、女房に言われましてね。おまえさまは一体どこを見ておいでなのですか、あたしが話しかけても上《うわ》の空で、閨《ねや》を共にしても心ここにあらず……、第一、おまえさまはあたしの身体を求めようともなさらない、と……。あたしには答えることが出来ませんでした。その翌日です。女房が愛想尽《あいそづ》かしをし実家《さと》に帰ってしまったのは……。考えてみれば、可哀相《かわいそう》なことをしたと思います。あんなことになるのなら、いっそ、祝言《しゅうげん》など挙《あ》げなければよかったのに、母の顔を立てるためだけに所帯を持ったのですからね……」

ああ、それで……。

やっと、おりきは平仄《ひょうそく》があったように思った。

恭平が品川宿《しながわしゅく》で病の床にいると知らせたにもかかわらず、橘屋がなんら連絡を寄越《よこ》さなかったのは、そんなことがあったからなのであろう。

が、内儀に逃げられたといっても、母親は……。

裏でそこまで息子を操《あやつ》った母ならば、病の息子を放っておけるはずがない。

「それで、お母さまは？　現在《いま》はお母さまとお二人なのですよね？」

おりきがそう言うと、恭平は寂《さみ》しそうに首を振った。

「母も二年前に亡くなりました。それからです、あたしが本格的に夏香の行方を捜すようになったのは……。母がもうこの世にいないのですから、あたしは人捜し専門の者を使ってまで夏香を捜しました。すると、出入りの富山《とやま》の薬売りが深川の櫓下《やぐらした》という遊里で、夏香らしき女ごを見たと言ってきましてね……。居ても立ってもいられなくなったあたしは、たまたま岡崎の尾張屋が江戸に出るという話を耳にしたものですから、助左衛門《すけざえもん》さんに平身低頭《へいしんていとう》して頼み込み、江戸まで同行させてもらうことにしたのです」

「ところが、やっとの思いで深川に辿り着いてみると、夏香さんはもうそこにはいなかったのですね」

「ええ、どうやら、薬売りが櫓下で見たというのは二年も前のことらしくて、その後、夏香は鞍替《くらが》えさせられたそうで……。あたしは河岸番《かしばん》（深川遊里で客の世話をする若い使用人）に金を渡して、なんとしてでも夏香を捜し出してほしいと頼みました。そうしたら……」

恭平が辛そうに顔を顰《しか》める。

「見つかったのですね？」

「見つかったというか、夏香が最後に売られた佃《つくだ》の切見世《きりみせ》で瘡毒《かさ》（梅毒）に罹《かか》り、長いこと鳥屋《とや》にかけられ（隔離される）た末、発狂して亡くなったということが判りましてね……」

おりきの顔からさっと色が失せた。

佃といえば、通称家鴨《あひる》と呼ばれる切見世《きりみせ》女郎《じょろう》のいる場所である。

一体に深川には岡場所《おかばしょ》が多く、深川七場所と言われる、門前仲町《もんぜんなかちょう》、裾継《すそつぎ》、櫓下、土《ど》橋《ばし》、新地《しんち》、石場《いしば》、佃の他に、回向院《えこういん》前の金猫銀猫《きんねこぎんねこ》、舟饅頭《ふなまんじゅう》（船を使って身体を売る）、小脇に茣蓙を抱えた夜鷹《よたか》などが数多《あまた》といる。舟饅頭や夜鷹は論外《ろんがい》として、その中でも、新地、石場、佃の女郎は悲惨《ひさん》だといわれている。

橘屋を追われた夏香がその後どんな身の有りつきをしてきたのか定かでないが、思うに、深川まで流れ流れた夏香は、誰もが眉を顰《ひそ》めたくなる流れの里で、病に罹り、ひっそりと死んでいったに違いない。

「橘屋さま、わたくし、なんと言ったらよいのか……」

恭平も辛そうに渋面《じゅうめん》を作る。

「あたしはそのことを知り、衝撃のあまり、言葉を失ってしまいました。夏香にそのような身の有りつきをさせてしまったのは、このあたしなのです。だって、あたしが夏香に想いを寄せたばかりに夏香は母の怒りを買うことになり、橘屋を追い出されたのですからね……。あたしが夏香を女ごとして見ないで、義妹《いもうと》、いえ、ただのお端女として見ていたら、母もそこまで夏香に辛く当たらなかったでしょう。それなのに、あたしは夏香のことが恋しくて恋しくて堪らなかったのです……。だったら、男として責任を取り、あのとき、橘屋を飛び出してでもあたしは夏香を護るべきだったのです。ですから、あたしが夏香を殺したのも同然なのですよ！」

　恭平が激しく肩を顫わせる。

「橘屋さま、それは違います！　あなたさまが殺したわけではないのです。確かに、橘屋を追い出された夏香さんは路頭に迷うことになったでしょう。けれども、女ご一人が生きていこうと思えば、春を鬻《ひさ》がずとも生きていけたのです。夏香さんが流れの身となった経緯《いきさつ》は定かでありませんが、恐らく、そこには某《なにがし》かの事情があったのでしょう……。けれども、それは夏香さん自身が選んだことで、ある意味、宿命《さだめ》といってもよいでしょう。きっと、夏香さんもご自分でそのことは解っていらっしゃったと思いますよ。わたくし、断言しても構いませんことよ。夏香さんはあなたさまのことを恨《うら》んでいないと……」

　おりきがそう言うと、恭平はえっと驚いたように顔を上げた。

「夏香があたしを恨んでいないと？」

「ええ……。もしかすると、夏香さんはどんな状況にあろうと、自分には血を分けた義兄《あに》がいることを誇りに思い、そのことを矜持《きょうじ》として辛い境遇《きょうぐう》に堪え忍んできたのかもしれません。それにね、仮に、あのときお母さまが夏香さんを追い出されなかったとしても、あなたさまと夏香さんは血を分けた義兄妹《きょうだい》……。男と女ごの関係になることは許されないのです。夏香さんにはそれが解っていたからこそ、素直に身を退いていかれたのだと思います。ねっ、ですから、これは夏香さんの持って生まれた宿命……。それに、あなたさまは夏香さんへの想いを捨てきれず、悶々と今日まで苦しんでこられたのですもの、もう充分に罰を受けていると思いますわよ」

おりきが恭平の目を瞠める。

恭平は寂しそうに片頬を弛めた。

「確かに、罰を受けました。そのために、あたしは女房までを不幸にしてしまったのですからね」

「けれども、すべてが既に起きてしまったこと……。今さら後戻りは出来ませんからね。ならば、前を向いて歩むほかはありません。それに、あなたさまには橘屋を護るという使命があるのです。決して一人ではないのですよ。ひとつお訊ねしたいのですが、あなたさまが江戸に出て見世を不在にしていることを、店衆は納得されているのでしょうね?」

おりきは探《さぐ》るような目で、恭平を睨《ね》めつけた。

「見世のことは番頭に委せてきました。この男は先代の頃から橘屋に仕《つか》えてきましたので、あたしの胸の内をすべて解ってくれています。此度《こたび》も、夏香の行方が判りそうだと知るや、見世のことは自分たちが護るので、思い残すことがないようにお嬢さまを捜して下さいと言ってくれましてね。番頭にしてみれば、夏香は父が遺《のこ》した忘れ形見《がた》《み》……。母の生前中には口が裂《さ》けてもそんなことは言えませんでしたが、彼らもようやく本心を口にすることが出来るようになったのだと思います」

「そうですか……。では、店衆のためにも、あなたさまは前向きに生きていかなければなりませんわね」

おりきの言葉に、恭平はやっと吹っ切れたといった顔をした。

「女将、有難うよ！　やはり話してよかった……。夏香を死なせてしまったことを悔《く》い、それが風邪を拗らせることになったのだろうが、こうして熱も下がりそろそろ元の体調に戻っても構わないというのに、どこかしら気分がすっきりとせず、ややもすれば、いっそ自分も夏香の後を追おうかなどと自棄無茶《やけむちゃ》な気持になりがちだったが、そうだよな……。あたしには店衆がついている。橘屋を護っていかなければ、彼らが路頭に迷うことになるのだもんな……。女将、約束しますぞ！　一日も早く尾張に戻れるように、明日から足慣らしを始めます」

恭平がおりきの目を真っ直ぐに瞠める。

その目には、もう迷いはなかった。

おりきはやれと胸を撫で下ろすと、優しさに溢《あふ》れた目で微笑んだ。

「品川寺《ほんせんじ》の裏手にある桜が綺麗《きれい》ですことよ。明日はあそこまで脚《あし》を延《の》ばされると宜しいですわ」


その夜、田澤屋伍吉の連れは二名……。

いずれも立場茶屋おりきでは初顔《はつがお》だが、おりきは三十路半《なか》ばの男女の取り合わせに、何故かしら違和感を覚えた。

と言うのも、男はどこから見てもお店者《たなもの》なのに比べ、女ごのほうが大店の内儀か武家の女ごにしか見えないのである。

しかも、女ごの髪形が飾《かざ》りを一切《いっさい》つけない忌島田《いみしまだ》で、茄子紺《なすこん》の鮫小紋《さめこもん》に黒地《くろじ》の丸帯《まるおび》とあっては、これはまさに服喪中《ふくもちゅう》の身形《みなり》……。

男が伊勢縞《いせじま》のお仕着《しき》せのところをみると、供《とも》の者なのであろうか……。

型どおりの挨拶《あいさつ》をする最中《さなか》、ちらとそんな想いがおりきの脳裡《のうり》を過《よ》ぎったが、伍吉

はおりきの挨拶を遮《さえぎ》るかのように、

「よいよい、堅苦《かたくる》しい挨拶は抜きだ！　女将、こちらが此度天狗屋《てんぐや》のあとに入ることになった……」

と言うと、ちらと男に目をやった。

「あたしとしたことが、うっかり、今度出す見世の名を聞き忘れていましたよ。決まったのでしょうな、見世の名は……」

伍吉に言われ、男が女ごと顔を見合わせる。

「へい。雀隠《すずめがく》れという名にしようかと……」

男が答える。

「雀隠れ……。ほう、それはまた……。確か、あたしの記憶によれば、雀隠れというのは、名草《なぐさ》の芽吹《めぶ》く現在《いま》の季節、雀が隠れん坊できるほどに伸びた草叢《くさむら》のことかと……。はて、それがどうして足袋屋《たびや》の名に？」

伍吉が訝しそうに首を傾げる。

「…………」

「…………」

男も女ごも言葉に詰まり、互《たが》いに顔を見合わせる。

すると、伍吉がポンと手を打った。

「成程、解りましたぞ！　おまえさん方は人目を避《さ》けるようにして、上方《かみがた》から江戸に出て来られた……。つまり、雀が草叢に隠れるがごとく、この品川宿に身を隠すということですな！　と言うわけで、女将、この二人は些か理由《わけ》ありでしてな。おっ、そうよ、まずは二人を紹介しなくては……。女将、こちらが此度天狗屋のあとに足袋屋を出すことになった、雀隠れの柚乃《ゆずの》さんに、ご亭主の公三《こうぞう》さん……。ご亭主でよかったのですよね？」

伍吉が公三に目まじしてみせる。

公三はハッと柚乃を窺った。

「ええ、構いませんのよ」

柚乃が代わって答える。

「女将、そういうことなのよ。詳《くわ》しい話は追ってするが、実は、先日横浜村《よこはまむら》に行った際、たまたま入った茶店でこの二人に出逢《であ》いましてな。あたしが珍しいカステーラという菓子を注文したところ、売り切れだというではないですか……。すると、隣の席に坐った柚乃さんがまだ手をつけていないので、よかったら自分のを食べないかと言ってくれましてね。それが縁で世間話をしているうちに、すっかり意気投合《いきとうごう》、親しくなりましてね！　なんと、二人は大坂《おおざか》で主従《しゅじゅう》の間柄《あいだがら》にあったが、柚乃さんのご亭主が亡くなられたのを契機《けいき》に江戸に出て、小商《こあきな》いをして立行《たちいき》していくつもりだというではないですか……。咄嗟《とっさ》に、あたしは天狗屋のあとの店子《たなこ》がまだ決まっていないことを思い出しましてな。それで、江戸まで行かずとも、品川宿門前町《もんぜんちょう》に恰好《かっこう》の出ものがあると言ったんですよ。下駄屋のあとが足袋屋というのも、まるで計《はか》ったかのような話ではないですか！　それで取り敢《あ》えず二人を連れて門前町まで戻り、あの見世を見せたのですよ。そしたら、二人とも気に入ってくれましてね。とんとん拍子《びょうし》に話が進んだってわけで……」

伍吉が仕こなし顔に説明する。

「お待ち下さいませ！　確か、あの見世はみのりさんが居抜《いぬ》きで売りに出されたのでは……」

おりきがそう言うと、伍吉は澄ました顔をして、ええ、知っていますよ、と答えた。

「何を隠そう、あそこはあたしどもが買い取りましてな。いえ、誤解しないで下さい。直接みのりさんから買ったわけではないのですから……。あの見世を買い取った仲介《ちゅうかい》業《ぎょう》の男が買い手に困っていましてね。それで、あたしが唾《つば》をつけたというわけで……。だって考えてもごらんなさい。放っておいて、妙な者にあそこを買われたのでは困りますからね。それに、あそこなら、そのうち田澤屋が出店《でだな》を構えてもよいし、他人《ひと》に貸してもよい……。貸すとすれば、あたしの目に適《かな》った者に貸すことが出来るのですからね。それで迷わず決めたというわけで……」

伍吉が鼻柱《はなばしら》に帆《ほ》を引っかけたような顔をする。

なんと、伍吉の商才の長《た》けたこと……。

おりきは唖然《あぜん》として伍吉を見た。

が、伍吉がそう言うのも道理である。

門前町にいかがわしい裏茶屋《うらぢゃや》が出来たのでは、常から門前町には白旅籠《しらはたご》、白茶屋《しらぢゃや》をと努力してきたことが水泡《すいほう》に帰《き》してしまう。

が、このことを門前町の宿老《しゅくろう》近江屋《おうみや》忠助《ただすけ》は知っているのであろうか……。

おりきがそう思ったとき、伍吉が見透《みす》かしたように言った。

「勿論、あそこをあたしが買ったことを近江屋は知っていますよ……。知っているというより、あそこを買ったらどうかとあたしを唆《そそのか》したのは、近江屋なんですからね」

おりきは目をまじくじさせた。

まさか、二人の間でそんな話が出来ていたとは……。

恐らく、忠助はそんな話を持ちかけて、右から左へとすぐさま金が動かせるのは、伍吉をおいてはいないと読んだのであろう。

「そうですか。それはよい買い物をなさいましたこと！　それで、柚乃さんと公三さんのお二人が門前町の仲間に加わることになったのですもの、これほど悦ばしきことはありませんわ。柚乃さん、公三さん、今後とも宜しくお願い致します」

おりきが二人に深々と頭を下げる。

そこに、おうめとおきちが前菜《ぜんさい》を運んで来た。

「まあ、これは……」

柚乃が塗角盆《ぬりかくぼん》に配された前菜の趣向《しゅこう》に、目を瞬く。

それもそのはず、塗角盆の真ん中に杜若《かきつばた》の葉が斜《なな》めにあしらわれ、杉木地《すぎきじ》の八《や》ツ橋《はし》型の盛器《もりき》が三つ……。

しかも、中央に置いた盛器の下を潜《くぐ》るようにして杜若の葉が配されているのであるから、これはまさに、川の流れに架《か》けられた八ツ橋……。

杜若の川に架かる八ツ橋型盛器には、楓《かえで》の葉の上に鱚風干《きすかざぼ》しと猪口《ちょこ》に入った蛸大葉《たこおおば》和《あ》えが、そして手前の盛器の上には、木の芽を敷いた山椒小芋《さんしょうこいも》と、白身魚《しろみざかな》の昆布《こぶ》締《じ》めを白瓜《しろうり》で巻いた身巻《みま》き白瓜……。

そして、斜めに置かれた奥の盛器には、鰻印籠煮《うなぎいんろうに》に小《こ》鯛《だい》と海老の手毬寿司《てまりずし》が載っていて、なんと、八ツ橋の下に短冊《たんざく》が……。

柚乃が短冊を手に取り、まあ……、と絶句する。

「唐衣《からごろも》きつつなれにし妻しあれば　はるばる来《き》ぬる旅をしぞ思ふ……。これは伊勢物《いせもの》語《がたり》の在原業平《ありわらのなりひら》……。ああ、それで杜若の川に八ツ橋なのですね」

さすがは柚乃、ただものではない。

伊勢物語を知っていて、杜若と八ツ橋の趣向を凝《こ》らした巳之吉の意を汲《く》み取ったのであるから……。

この和歌《うた》は、在原業平が都から東に下る途中、三河国八橋《みかわのくにやつはし》で美しく咲く杜若を見て、都に残した妻を偲《しの》び、かきつばたの五文字を句頭に入れて詠《よ》んだものである。

が、伍吉や公三にはその意味が解らないとみえ、とほんとした顔をしている。

「なに、これしきで驚いてはなりませんぞ！」

伍吉がお品書《しながき》に手を伸ばす。

「前菜の次が椀物《わんもの》で、ほう、これは牡丹鱧《ぼたんはも》と管牛蒡《かんごぼう》、隠元《いんげん》とな？　そして、向付《むこうづけ》が鮪《まぐろ》、縞鯵《しまあじ》、蛸、車海老《くるまえび》……。炊《た》き合わせが筍《たけのこ》と蕗、若布《わかめ》で、焼物《やきもの》が鮎塩焼《あゆしおやき》。蒸物《むしもの》がふっこ酒蒸《さかむし》、茶筅独活《ちゃせんうど》、豆腐《とうふ》……。成程、旨出汁《うまだし》で蒸してあるのだな。そうして強肴《しいざかな》が鯛の兜煮《かぶとに》に、締めが留椀《とめわん》に筍ご飯、香《こう》の物で、甘味《かんみ》が葛餅《くずもち》ときた……。柚乃さん、驚くなかれ！　これらが料理に見合った器に盛られ、目でも舌でも存分に愉《たの》しめるのですからね」

伍吉が満足げに鼻蠢《おごめ》かせる。

「あのう……、ふ、っ、こ、とはなんのことで？」

柚乃が気を兼ねたように訊ねる。

「鱸《すずき》のことですよ。鱸は出世魚《しゅっせうお》といわれ、幼魚《ようぎょ》をコッパ、二年目を鮬《せいご》、三年目をふっこ、そして成魚《せいぎょ》を鱸というそうです」

おりきがそう説明すると、あたしは鮬と鱸しか知りませんでした、と柚乃が恥ずかしそうに言う。

「では、頂こうではないか！　二人とも、遠慮せずにどんどん食って下され」

伍吉が箸を取る。

どうやら、今宵は二人の紹介だけで、伍吉は詳しい話をしないようである。

「では、わたくしはこれで……」

おりきが辞儀をして広間を去ろうとすると、伍吉が改まったように詫《わ》びを入れた。

「今宵は済まなかったね。参勤交代で忙しいと解っていて、無理を言って割り込んだのだからよ」

「こちらこそ至《いた》りませんで、申し訳ございません。何しろ急な話なもので、今朝仕入れた材料の中で板頭が工夫したようです。些か物足りないようにお思いかもしれませんが、これで勘弁《かんべん》してやって下さいませ」

「なに、前もって言ったところで、他の者ではこれだけの料理は出来ない……。板頭にあたしが感謝していたと伝えて下され」

「畏まりました。では、ごゆるりと召し上がって下さいませ。あとでまた参りますので……」

おりきが広間を辞すと、二階からわっと歓声が聞こえてきた。

おりきは気合を入れるようにして、階段を上って行った。


おりきが竜野藩徒組の挨拶を済ませて帳場に戻ると、達吉が手薬煉《てぐすね》を引いて待ち構えていた。

その顔は、田澤屋伍吉が連れて来た客人に興味津々《きょうみしんしん》といった顔……。

案の定、達吉はおりきの姿を認めるや、

「で、田澤屋の連れというのは、どなたで？」

と訊ねてきた。

おりきは可笑《おか》しさを嚙み殺すと、長火鉢の傍に寄った。

「大番頭さんたら、いきなりそのことですか？」

「そりゃ、気になって当然じゃありやせんか！　立場茶屋おりきでは初顔だし、三十路半ばの品のよい女ごが番頭ふうの男を供に連れてるんでやすぜ？　しかも、女ごの風体《ふうてい》は、どう見ても服喪中って形《なり》だ……。おまけに、この界隈じゃ見慣《みな》れねえ顔とあって、田澤屋と一体《いってえ》どんな関係があるのかと思いやしてね」

達吉がバツが悪そうな顔をして弁解する。

おりきは茶を淹《い》れながら苦笑した。

日頃、女中たちに客のことに詮索《せんさく》してはならない、たとえ客の会話が耳に入ったとしても聞き流してしまうように、と口が酸《す》っぱくなるほど諫言《かんげん》してきた手前、達吉は自《みず》からがその禁を破ることに忸怩《じくじ》としたのであろう。

「恥じることはありませんよ。大番頭さんも知っていたほうがよいと思いますのでね。それがね、天狗屋のあとに入られる雀隠れという足袋屋のご夫婦なのですよ。ご主人のほうが公三さん、内儀が柚乃さんといわれるそうです」

「天狗屋のあとに……。では、あの二人は夫婦《めおと》だと……。違うんで？」

「そりゃまた一体《いってえ》……。あっしはてっきり大店の内儀と供の者と思いやしたが、違うんで？」

達吉が信じられないといった顔をする。

「けど、その雀隠れと田澤屋はどんな関係が……。第一《でえいち》、雀隠れとは一体《いってえ》なんのことでやす？　見世の名にしては、ふざけた名じゃありやせんか！」

おりきはまたもや苦笑した。

達吉の戸惑う気持が、手に取るように解るのである。

「わたくしも足袋屋に雀隠れとは腑《ふ》に落ちず、首を傾げてしまいました。けれども、耳慣《みみな》れてしまうと、これが案外しっくりとくるので不思議ですわ。名草の芽吹く現在《いま》の季節に相応しく、雀が草叢で隠れん坊をする姿は愛らしいものですからね……。実に気の利《き》いた名前だと思いますよ」

「まっ、そう言われてみると、どこかしら納得できるような……。それで、雀隠れと田澤屋はどんな関係で？」

達吉が茶を一服するや、身を乗り出す。

「それがね、わたくしも初耳だったので驚きましたが、天狗屋のあとを田澤屋さんが買い取られたそうなのですよ。なんでも、近江屋さんから買わないかと打診され、田澤屋さんも天狗屋のあとに門前町に相応しくない見世に入られたのでは危惧《きぐ》なさっていたものですから、一にも二にもなく承諾なさったそうでしてね」

「ちょ、ちょい待った！　近江屋がなんでそんな差出《さしで》を……。第一《でえいち》、近江屋はみのりさんが見世を売りに出したことも知らなかったのに、なんでそんなことが……」

「ええ、ですから、田澤屋さんはみのりさんから直接買ったわけではなく、間に入った仲介業者から買ったわけですが、結句、近江屋さんの想いも田澤屋さんの想いも同じだったということなのでしょうよ……。それに、この界隈で即座《そくざ》に大金を右から左へと動かせるのは、田澤屋さんくらいなものです。それで、近江屋さんは田澤屋さんに声をかけられたのでしょう」

「成程……。それで少し話が見えてきた。田澤屋ならあそこを出店として使うことも出来るし、他人《ひと》に貸すことも出来る……。えっ、てこたァ、田澤屋が雀隠れに見世を貸したってこと……。つまり、大家ってことになるんで？」

「ええ、そのようですね。それで今宵は歓迎の意味で、お二人をわたくしどもに招待されたようですの」

「じゃ、田澤屋の旦那は花見の宴と言われたが、ただの花見ではなかったということ……。あっ、そうか、あの二人を女将さんに紹介する意味もあったんでやすね？」

達吉が納得したとばかりに頷いてみせる。

が、まだ気になることがあるとみえ、改まったようにおりきを見た。

「立ち入ったことを聞くようだが、あの二人は本当に夫婦《めおと》で？」

「ええ、ご本人たちがそうおっしゃいましたのでね……。ただ、田澤屋さんの話では、あのお二人には何やら複雑な事情がおありの様子で、それはまた追って話すということでしたが、どうやら大坂では主従の関係だったようです」

「ほれ、そうだろう？　やっぴし、俺の勘《かん》が当たったぜ！　けど、そうだとすれば、二人は道ならぬ関係ってことに……。ええっ、そんな者に田澤屋は見世を貸してもいいのかよ！」

「達吉、まあ、落着きなさい。話は最後まで聞くものです。確かに、お二人は大坂で主従の関係にあったのですが、柚乃さんのご亭主は亡くなられたそうですのよ。それで、二人して江戸を目指して旅をなさっていたところ、たまたま横浜村で田澤屋さんと出逢うことになり、江戸で小商いでもやりたいというお二人に、田澤屋さんが自分の見世を貸そうではないかと申し出られたそうなのです。ですから、おまえが言うような不義《ふぎ》にはならないと思います。それでなければ、いかに田澤屋さんが懐《ふところ》の深い方といっても、お貸しになるわけがありませんもの……」

おりきはそう言いながらも、どこかしら心許なさは拭《ぬぐ》えなかった。

と言うのも、伍吉から聞いたのはそこまでで、詳しい話はあとでと言ったきり、何ゆえ柚乃と公三が主人《あるじ》亡きあと江戸に出なければならなかったのか、大坂で何をしていたのか、何ひとつ聞いていないのである。

が、根っからの商人《あきんど》で、他人《ひと》を見る目に長けている伍吉が快《こころよ》く見世を貸すのであるから、伍吉の目を信用するほかないだろう。

達吉もまだどこかしらすっきりとしないとみえ、首を傾げている。

「あの二人、大坂でも足袋屋をやっていたんでしょうかね？」

「………」

おりきには答えようがなかった。

「えっ、お聞きになっていねえので？」

「わたくしからは根から葉から訊けませんわ。田澤屋さんが詳しいことは追って話すと言われましたので、食後にでもお話し下さるかもしれません。いいですか、大番頭さん。この話はもうここまでです」

おりきは苦し紛《まぎ》れに、そう答えた。

ところが、食後のお薄を点てに行ったときに話してくれるのだろうと思い、広間は一番最後に廻したのであるが、伍吉は巳之吉の料理がいかに美味いか、江戸広しといえども巳之吉の右に出る板前はいないと絶賛するばかりで、なかなか柚乃と公三のことに触《ふ》れようとしないのである。

こうなると、おりきのほうから質すわけにはいかなかった。

「女将、今宵も心《しん》から満足させてもらいましたぞ。そうそう、お庸《よう》さんと家内がこの料理を恋しがっていましてな……。あたしが現在《いま》はまだ喪中であろうと苦言《くげん》を呈《てい》すと、おまえさんだって喪中じゃないか、それなのに、おまえさん一人が抜け駆けするなんて、とぶん剝《むく》れていましたよ。まっ、親への服喪は一年といっても、この頃うち、そんなことを守る者はいませんからね。四十九日を終えたのだから、そろそろ三婆《さんばば》の宴を開いてもよいということ……。お袋《ふくろ》はもうこの世にいませんが、代わりに家内が参加するので、三婆は健在《けんざい》ですぞ！」

伍吉が茶目っ気たっぷりに片目を瞑《つぶ》ってみせる。

「それを聞きましたら、板頭がどんなに悦ぶことか……。七海《ななみ》堂《どう》のご隠居さまも愉しみにしておられるでしょうからね」

「ああ、金一郎《きんいちろう》さんの話では、うちのお袋が亡くなってからというもの、すっかり気落ちして寝込むことが多くなったご隠居が、春の声を聞くと共に元気を取り戻し、早く立場茶屋おりきに連れて行けとせがんでいるそうなので、ご隠居も三婆の宴再会と聞けば、さぞや悦ばれることだろうて……」

　すると、柚乃が訝しそうな顔をして訊ねる。

「三婆の宴とはなんのことですか?」

　おりきと伍吉が顔を見合わせ、くすりと肩を揺らす。

「なに、去年秋に亡くなったあたしのお袋と、お袋の世話をしてもらっていたお庸さんに、三田《みた》同朋町《どうぼうちょう》の乾物問屋《かんぶつどんや》七海堂《ななみどう》のご隠居の三人が、いずれ劣《おと》らぬ食い意地の張った女ごで、それが立場茶屋おりきの板頭の料理に出逢ったものだから、さあ大変! 以来、病みつきになりましてな。男連中に連れて行けと頼んだのでは埒《らち》が明《あ》かない、婆《ばばあ》三人で行くので構わないでくれと、ほれ月見の宴だの、花見の宴だのと度々《たびたび》ここに押しかけるようになりましてな……。ところが、お袋が亡くなり、一人欠けた……。が、よくしたもので、うちの家内がそれに加わると言い出しましてな。あたしも女ごどもがそうして機嫌《きげん》よくしてくれていると助かるもので、快く送り出してやっているのですよ」

　おりきはおやっと思った。

　伍吉がお袋と言ったときの顔……。

実に慈愛《じあい》に充《み》ち満ちた顔をしていたのである。

一時は母おふなを疎《うと》んじたことのあった伍吉だが、変われば変わるものである。

現在《いま》の田澤屋があるのは、母おふなのお陰……。

恐らく、おふな亡き後も、伍吉の胸にそのことがしっかと刻《きざ》み込まれているのであろう。

「まあ、なんてよい話なのでしょう！　あたくし、ますます品川宿門前町が好きになりましたわ。女将さん、どうか今後とも宜しくお願い致しますわね。一日も早く、皆さまの中に溶《と》け込めるように努《つと》めますので……」

柚乃がおりきに深々と頭を下げる。

「こちらこそ、末永《すえなが》くお付き合い願いたいと思います」

おりきも頭を下げた。

そうして、その夜はそれ以上のことは話さないまま、三人は立場茶屋おりきを辞《じ》したのだった。

翌日、巳之吉とその日の夕餉膳の打ち合わせをしていると、玄関側の障子の外から下足番の吾平《ごへい》が声をかけてきた。

「女将さん、田澤屋の旦那がお越《こ》しでやすが……」

噂を言えば影がさすとは、まさにこのこと……。

たった今、伍吉がそろそろ三婆の宴を催したいと言っていたと巳之吉に告げたばかりだったのである。

「どうぞ、お通しして下さいな」

おりきはそう言うと、慌てて立ち上がろうとする巳之吉に、もう暫《しばら》くここにいるようにと目で促した。

伍吉が満面《まんめん》に笑みを湛《たた》え、帳場に入って来る。

「これは女将！　昨夜は世話になりましたな。やっ、丁度良かった！　板頭もいるではないか……。昨日は無理を言って済まなかったな。急な話だというのに、よくぞあそこまで気の利いた料理を作ってくれて有難うよ。雀隠れの二人も大層悦んでくれましてな。ことに前菜の杜若の趣向には感服したと……。女将が広間を辞したあと、柚乃さんが説明してくれたのだが、あれは伊勢物語の在原業平、八ツ橋から取ったものだとか……。かきつばた、と五文字を句頭に入れて詠《よ》んだと聞き、ああ、それで……、と目から鱗が落ちたように思いましたぞ！　板頭もなんと心憎《こころにく》いことを……。あたしのような不粋《ぶすい》の輩《やから》は説明されて初めて知ったというわけだが、つくづく板頭の料理にはそのすべてに物語があるのだと思いましたよ」

「いえいえいえ……。田澤屋さんにそこまで褒《ほ》められると、穴があったら入《へえ》りてェ気がしやす。昨夜は会席を予定していなかったもので、なんとか板場にある材料でと工夫を凝らしてみただけのことでやすから……」

「それが他に類《るい》をみないおまえさんの才能なのだよ。ところで、女将から聞いてくれましたかな？　現在《いま》は参勤交代の最中とあり忙しいだろうから、少し落着いたら、三婆の宴を催したいと思いましてね。お袋はいませんが、家内が加わりたいと言ってていますので、ひとつ宜しく頼みますよ」

「お安いご用でやす。悦んでお引き受け致しやしょう。では、あっしはこれで……」

巳之吉が辞儀をして帳場を出て行く。

「えっ、よかったのかな？　打ち合わせの途中、あたしが邪魔をしたのではないだろうね？」

伍吉が気を兼ねたように言う。

「いいえ、丁度終わったところでしたのよ」

「それならば安心だが……。いや、昨夜のお代を払おうと思いましてな。大番頭さん、数えてみて下さい」

伍吉が袂《たもと》の中から袱紗包《ふくさづつ》みを取り出し、達吉に手渡す。

「いつでも構いませんでしたのに……。けれども、田澤屋さんのように支払いが早いと助かりますわ。毎度、有難うございます。さっ、お茶が入りました。召し上がって下さいませ」

伍吉は湯呑を手にし、口に運ぶと目尻をでれりと垂《た》れた。

「ああ、美味しい……。母が生前よく言っていました。おりきさんが淹れてくれた茶は、ひと味違うと……。いえ、これは世辞口《せじぐち》でもなんでもありませんよ。お庸さんや家内も言っていることなんですから……。それはそうと、雀隠れの二人のことなのですが、昨夜、仔細《しさい》は追って話すと言いましたでしょう? と言うのも、二人を前にして話すのはどこかしら気が退けて……。いえ、あたしがおまえさんに話すことは、あの二人も了承《りようしよう》済みです。寧ろ、女将には是非にも聞いてもらいたいと言っていましたからね。だが、そう言われたからといって、二人を前にして話すのは……」

「ああ、それで支払いかたがたってことなんでやすね。へっ、確かに頂戴《ちようだい》いたしやした。これは受け取りで……」

達吉が書出《かきだし》（請求書）に朱筆《しゆひつ》で、済、と記《しる》し、伍吉に差し出す。

「女将、あたしは昨夜どこまで話しましたかね？」

伍吉が受け取りを仕舞いながら訊ねる。

「確か、お二人は大坂で主従の間柄だったが、柚乃さんのご亭主が亡くなられ、この際江戸で小商いをと思い旅に出たところ、横浜村の茶店で田澤屋さんに巡《めぐ》り逢ったというところまでですわ」

「おお、そうだった、そうだった……。なんだ、殆《ほとん》ど話していなかったのだな。実は、柚乃さんというのは大坂の布袋屋《ほていや》という小間物屋の内儀だったのだが、亭主が三十五も歳上の爺《じい》さまでよ。何しろ、柚乃さんが二十二で嫁に入ったときに亭主は六十路《むそじ》前だというのだから、想像するだに身の毛が弥立《よだ》ってもんでよ……。助平爺《すけべえじじい》というのは、ああいうのをいうのだろうが、柚乃さんは夜ごと爺さまに身体を弄《もてあそ》ばれ、しかも、その男、五年ほど前に中気《ちゆうき》で寝たきりとなったそうでよ。以来、柚乃さんは介護の日々となったわけだ……。ところが、この男、身体が自由にならないものだから二六《にろく》時中《じちゆう》気を苛《いら》って、廻らない口で柚乃さんを怒鳴《どな》りつけたり、片手でものを投げつけたり……。公三という男は布袋屋の番頭をしていたのだが、そんな柚乃さんを見るに見かねてよ。あるとき、二人して逃げよう、内儀《おかみ》さんのことは自分が護るから、と言ったそうでよ。が、柚乃さんには病の亭主を放り出すことは出来なかった……。とは言え、支えになってくれるのはこの男しかいないとなれば、つい、女心は公三に傾いてしまうわな？　だが、柚乃さんは亭主がいる身で不義だけは出来ないと操《みさお》を徹《とお》したそうな……。そうしたら、今年の正月明け、亭主が息を引き取ったそうでよ。柚乃さんはやっと亭主から解放され、これで誰憚《だれはばか》ることなく晴れて公三と一緒になれるわけだが、そうなると、今度は世間は放っちゃおかないわな？　あの二人は亭主が生きている頃から出来ていたのだとか、病の亭主を後目に不義を働くなんざァ女房の風上《かざかみ》にも置けないとか、公三は布袋屋の暖簾《のれん》欲《ほ》しさに旦那に一服盛ったに違いないとか、耳を塞《ふさ》ぎたくなるような流言《りゅうげん》が飛《と》び交《か》い、外に出れば出たで、目引き袖《そで》引き噂される始末でよ……。二人は大坂にいたのでは商いはおろか、生活《たつき》していくこともままならないと、見世を売って新地《しんち》を目指して江戸に出ることにしたそうでしてね。あたしはその話を聞いて、身につまされましてね……。母のことを思い出したのですよ。実は、亡くなった母おふなも二十も歳上の男の後添《のちぞ》いに入り、しかも、嫁に入った翌年その男に倒れられたものだから、その男が亡くなるまでの六年間、夜の目も寝ずに働き、病人の介護……。あたしの父親《てておや》はそんな母を不憫《ふびん》がり、陰になり日向《ひなた》になりして支えていたそうで……。それで、母は亭主を看取《みと》ると、父の許に走ったと言います。ところが、その後、あたしが生まれ、海とんぼ（漁師）だった父親《ておや》がいつしか酒に溺《おぼ》れるようになり、あたしが物心《ものごころ》ついた頃には立派な糟喰《かすくらい》（酒飲み）で、漁に出ることもなく日がな一日飲んだくれていましてね……。母は女手《おんなで》ひとつで生活《たつき》を支えようと、それこそ手間仕事ならなんでも熟《こな》し、懸命《けんめい》に働きました。雑魚《ざこ》をただ同然で貰ってくると佃煮《つくだに》にして売り……。ところが、それが美味いと評判になったのだから、世の中、何が幸いするものか……。現在《いま》の田澤屋の原点はそこにあるのですからね……」

伍吉は感慨《かんがい》に浸《ひた》るかのように、目を細めた。

が、ハッと我に返ると、続けた。

「話が横に逸《そ》れてしまいましたが、あたしは幼い頃に母からその話を聞かされていましたので、柚乃さんと公三さんの話を聞いて、他人事《ひとごと》ではないように思えましてね……。あたしは母に充分な孝行をしてあげることが出来ませんでした。そのことが、ずっとあたしの中で後悔として残っていましてね。ですから、あの二人に母が父に救いを求めたときの気持を重ね合わせ、あたしが支えになってやりたいと……。そうすれば、公三さんはあたしの父親《ておや》のように酒に溺れ、柚乃さんを苦しめるようなことはしないでしょうからね」

おりきの目に、熱いものが衝き上げてくる。

伍吉は柚乃に母おふなを重ね合わせ、女ごとして幸せな人生をもう一度歩ませたいと思っているのであろう。

それは伍吉の母への謝罪の意味であり、それだけ、おふなが愛《いと》しくて堪らないということ……。

伍吉は目頭《めがしら》をそっと押さえた。

「お解り下さいましたかな、あたしの気持を……」

おりきも涙を拭いながら頷く。

「ええ、ようく解りました。田澤屋さん、公三さんは酒に溺れて柚乃さんを哀しませるようなことはなさいませんよ。あの二人を見ていれば、互いに信頼しきっているのが解りますもの……。それに、田澤屋さんがそうして目を光らせていらっしゃるのですもの、道を踏み外《はず》そうにも踏み外せませんことよ。わたくしも及《およ》ばずながら力になりたいと思います。わたくしどもで出来ることは、なんなりとお申しつけ下さいませね」

おりきがそう言ったときである。

ぐずりと鼻を啜る音がした。

見ると、達吉がはらはらと涙を零《こぼ》しているではないか……。

達吉はおりきと伍吉に瞠められ、照れ臭そうにへへっと鼻を擦《こす》った。

「みっともねえところをお見せしてしめえやした……。つい昔のことを思い出したもんで……」

ああ……、とおりきは胸の内で頷いた。

達吉は先代女将おりきのことを思い出したのであろう。

達吉は先代おりきが生麦村《なまむぎむら》の中庄屋《なかしょうや》の嫁だった頃に小作人をしていたが、先代が鶴《つる》見村横町《みむらよこまち》の茶屋を退代に姑《のきしろ》去《しゅうとめざ》りされると、達吉も小作人を辞《や》めて先代の許に走り、それからは陰になり日向になりして先代おりきを支えてきたと聞いている。

「あっしはねえ、おりきさんが不憫で堪らなかった。世過《よす》ぎが立てばよかろうとばかりに、見世を買い与えただけで放り出すなんて、そりゃ無茶だ。水商売《みずしょうべえ》なんて一遍としてやったことがねえんですぜ。茶立女《ちゃたておんな》や板前は雇《やと》えば済むが、誰か庇ってやるものがいなくちゃ、女主人《おんなあるじ》じゃ、旅雀《たびすずめ》や渡《と》世人《せいにん》の相手は出来ゃしねえ。そこで、あっしが白金屋《しろがねや》に区切りをつけ、久助《きゅうすけ》（下男）でいいから立場茶屋おりきで雇っちゃくれねえかと、おりきさんに申し出たわけでやして……。まっ、気づくと、いつの間にか、番頭みてェなことをやっていましたがね……」

いつだったか、達吉が先代とのことをそんなふうに話したことがある。

そのときも感じたが、これはもう立派な先代おりきへの思慕《しぼ》であり、達吉は先代を支えるというより、愛しくて堪らなかったのであろう。

が、先代おりきの女ごとしての想いは、板前の兆治《ちょうじ》に……。

達吉はさぞや辛かったであろう。

先代おりきは兆治が他の女ごに刺されて死亡してからも、尚《なお》も、兆治のことを想い続けたのであるから……。

結句、達吉は先代おりきを慕《した》い、支え続けることで己の志を全《まっと》うしたのである。

恐らく、達吉は微塵芥子《みじんけし》ほども悔いはないだろう。

その達吉が、柚乃と公三、おふなの話を聞いて、つい感涙《かんるい》に噎《むせ》んでしまったのである。

その想いは、おりきにもひしひしと伝わってきた。

おりきは思わず達吉を抱き締めたい衝動に駆られた。

「あたしは大番頭さんの涙を初めて見ましたよ……」

そう言った伍吉の目も涙で潤んでいた。

そして、翌日のことである。

少し早めの夕餉を茶室に運んで行ったおみのが、橘屋恭平の姿がどこにも見当たらないと帳場に駆け込んで来た。

「中庭や裏庭は見ましたか？」

「ええ、まさかと思いながらも、あすなろ園まで覗《のぞ》いてみたんですがね……」

おみのが途方に暮れたような顔をする。

まさか、黙って旅立ったのではなかろうか……。

おりきの胸がきやりと揺れた。

「荷物は？　茶室に橘屋さまの荷物はありましたか？」

「ええ、振り分け荷物や半合羽《はんがっぱ》、三度笠《さんどがさ》と、そっくり残っていました」

おりきはほっと安堵の息を吐くと同時に、なんて莫迦なことを考えたのだろうかと思った。

旅立つためには路銀《ろぎん》が要《い》るが、恭平は財布ごとそっくり帳場に預けているのである。

しかも、預かった達吉が、財布の重さに十両や二十両の重さではないと驚いていたではないか……。

あとで判ったことだが、恭平は夏香を身請《みうけ》しようと大金を懐に江戸に出て来たのだが、夏香はもうこの世の人ではなく、結句、金を使うことはなかったのである。

従って、金はそっくり残っているのだが、その金を預けたまま黙って旅立つはずはない。

となると、一体、恭平はどこに行ったのであろうか……。

そう思ったとき、おりきは恭平が足慣らしのためにこの界隈を散策すると言っていたのを思い出した。

「おみの、橘屋さまは散歩に出られたのですよ！」

「散歩？　えっ、そうなんですか……。それならそうと、ひと言断って下さればいいのに……。けど、身体がまだ本調子ではないというのに、一体どこに行かれたのでしょう。今朝、厠《かわや》に行かれるところを見掛けましたが、まだ脚がふらついていましたからね。出掛けたのはよいが、途中で具合が悪くなって動けないってことも考えられますよ。だって、もう陽が翳《かげ》ってきたし、風も冷たくなってきたというのに、まだ戻って来られないのですもの……」

おみののその言葉に、はっとおりきはと胸を突かれた。

確かに、おみのの言うとおりなのである。

陽が高く、肌を撫でていく風が心地《ここち》よい時刻であれば散策も解るが、七ツ半（午後五時）を過ぎ、街道筋の軒行灯《のきあんどん》に灯《ひ》が点《とも》っているというのに、まだ戻って来ないとは……。

おりきの脳裡に、桜の下に蹲《うずくま》り、苦しそうに喘《あえ》ぐ恭平の姿がゆるりと過《よ》ぎった。

「おみの、吾平や末吉、潤三《じゅんぞう》に、心当たりを片っ端《ぱし》から捜すように言って下さい！」

「解りました。あたしも捜しに行きます。えっ、女将さんも行かれるのですか？」

「人手《ひとで》は多いに超《こ》したことはありませんからね」

おりきはそう言うと、いざというときには四ツ手（駕籠《かご》）をかって、恭平を内藤素庵の許に担《かつ》ぎ込むつもりで、早道《はやみち》（銭入れ）に細金《こまがね》を詰めると玄関へと急いだ。

「あっしは御殿山のほうに行ってみやすが、女将さんはどちらに？」

吾平が訊ねる。

おりきは暫し考えた。

病み上がりの身で御殿山まで脚を延ばすのは無理であろうが、人は思いもよらない行動をするものである。

「そうですね。吾平は御殿山を、末吉は海岸を当たって下さい。わたくしは品川寺を捜してみますので、潤三とおみのは街道筋の桜が植わった場所を……」

おりきはそう言うと、品川寺へと歩いて行った。

数日前、恭平と交《か》わした言葉を思い出したのである。

「品川寺の裏手にある桜が綺麗ですことよ。明日はあそこまで脚を延ばされると宜しいですわ」

何気なく言った言葉であるが、恭平は橘屋の店衆のためにも一日も早く尾張に戻れるように足慣らしを始めると言っていたのである。

とすれば、桜から勇気を貰おうと、御殿山までは無理としても品川寺まで行く気になったと考えられないだろうか……。

品川寺の山門《さんもん》を潜ると、仄暗《ほのぐら》い境内《けいだい》のところどころに花篝《はなかがり》の灯が見えた。

夜桜に風趣《ふうしゅ》を添《そ》えるために焚《た》く、篝火《かがりび》である。

いつもは暗い境内が、桜の季節だけはほのぼのとした明るさに包まれている。

そのため、常なら人っ子一人いない境内には、夜桜ぞめきがちらほらと……。

おりきは花篝の灯を受け浮き立ったように見える桜に、思わず目を細めた。

闇《やみ》の中に桜が浮き上がったように見え、下から上へと影が重なり、やがて闇へと溶け込んでいく。

風に揺られ光と影が織《お》りなす風情は、まさに幽玄《ゆうげん》といってよいだろう。

人が桜に魅《み》せられる気持が解るような気がするのだった。

が、おりきは桜を愛でるために来たのではない。

おりきはハッと我に返ると、裏手へと廻った。

裏手の枝垂桜が山門付近より見事で、大概《たいがい》の者が裏に廻ると聞いていたからである。

確かに、裏手の桜は見事であった。

そのとき、おりきはあっと目を凝らした。

花篝の下で、桜を見上げる恭平の姿を目に捉《とら》えたのである。

「橘屋さま！」

おりきが声をかけ、傍に寄って行く。

恭平は驚いたように振り返った。

「女将……」

「心配しましたのよ。こんな時刻まで戻って見えないものですから、何事かあったのではないかと案じました」

恭平は申し訳なさそうに肩を丸めた。

「済まない……。実は、どこまで歩けるだろうかと、今日は御殿山まで脚を延ばしましてね」

「まあ、御殿山まで……。それで、山の上まで上《のぼ》られたのですか？」

「上りましたとも！　あそこを上り下《くだ》り出来たのですからね、自信がつきました。しかも、御殿山の桜の見事なこと！　行ってよかったですよ。桜の季節に品川宿に来たというのに、あれを見ないのでは来たとは言えませんからね。花と花が重なり合って延々《えんえん》と続く様《さま》は、まるで花の雲……。それで桜を満喫《まんきつ》し帰路《き ろ》についたのですが、行合橋《ゆきあいばし》まで戻って、突然、女将が品川寺の裏手の桜が綺麗だと言っていたのを思い出しましてね……。だったらついでに品川寺の桜も見なければと思いここまで来たのですが、境内に花篝が設置されているのに気がつきましてね。ならば篝火が焚かれたところを見てみたいと思いまして……。それで、茶店に入って篝火に灯が入るのを待っていたのですよ。だが、待った甲斐《かい》がありましたよ。ごらんなさい！　この幻想《げんそう》の世界を……。これに比べると、御殿山は数こそ勝《まさ》っているが、この美しさには敵《かな》いません！」

恭平は憑《つ》かれたように喋《しゃべ》った。

見ると、花篝の灯のせいか、頬が桃色に輝いている。

「それはようございましたわ。けれども、もうこんな時刻ですし、皆が心配していますので、宿に戻りませんこと？」

おりきがそう言うと、恭平はやっと自分の気随《きずい》に気づいたようで、恐縮《きょうしゅく》したように頭を下げた。

「これは済まなかったね。皆に心配を掛けてしまったとは……。だが、もう思い残すことはありません。品川宿でのよき思い出となりました。桜から生きる勇気を貰えたのだから、明日から頑張らなくては……」

おりきは恭平と肩を並べ、裏手から本堂のほうに廻った。

すると、そのときである。

恭平がぎくりと脚を止め、山門脇の桜の下に佇む女ごを凝視《ぎょうし》した。

花篝に浮き上がった姿は、まだ充分に水気《みずけ》のある女ごである。

が、遠目で、顔までは定かでない。

「夏香……」

恭平が呟き、ふらふらと山門のほうに近づいていく。

おりきも慌ててあとを追った。

と、そのとき、人の近づく気配に気づいたのか、女ごがハッと振り返った。
二十二、三の女ごである。
恭平は脚を止めると、立ち竦《すく》んだ。

「違う……。夏香ではない……。ふふっ、あたしはなんて莫迦な男なのだろう……。夏香はもうこの世にいないというのに……。しかも、仮に生きていたとしても、既に三十路も半ば……。それなのに、未《いま》だに、別れた頃の夏香の面影《おもかげ》を追おうとするのだから……」

女ごは恭平の様子に尋常《じんじょう》でないものを感じたらしく、逃げるようにして、山門を潜り表に出た。

「ああ、あたしはなんと愚《おろ》か者だろうか！」

恭平がぶるぶると肩を顫わせる。

おりきはそっと恭平の肩に手をかけた。

「愚かなのではありません。きっと、あなたさまの想いを察し、ほんの束の間、花篝の灯に誘《さそ》われて、夏香さんが幻影《げんえい》となり姿を現して下さったのでしょうよ。あなたさまの心の中では、夏香さんはまだ生きている……。決して否定することも、無理して消し去ることもないのですよ」

おりきが恭平の肩をポンポンと軽く叩く。

「そうですよね？　夏香は生きているときにはあたしの前から追い払われてしまったが、現在《いま》はあたしの胸の内にすっぽりと入ってしまったのだから、もう誰にも追い払われることはないのですよね？」

「そう、あなたさまといつも一緒にいるのですよ！」

恭平はやっと安堵の色を見せた。

ジジッと花篝が音を立てる。

まるで、そうだよ、と夏香が答えてくれたかのようだった。

堅香子《かたかご》の花

いてみせた。

幾千代《いくちよ》は黒文字《くろもじ》でお持たせの麩《ふ》の焼《やき》を千切《ちぎ》ると口に運び、満足そうにうんうんと頷《うなず》
「それが、なんだか無性《むしょう》に助総焼《すけそうやき》を食べたくなっちまってね。ところが、麹町《こうじまち》まで遠くて買いに行けるわけがないじゃないか……。そしたら、おたけが麩の焼は助総焼とさして違わないから、騙《だま》されたと思って食べてみろって言うもんだから、お半《はん》に買いに行かせたんだよ。うん、これはなかなかいけるよ……。おりきさんも食べてみな！」

「では、頂《いただ》きましょうか」

おりきも麩の焼を口に運ぶ。

「薄くのばした小麦粉に餡《あん》を包んで焼いただけだが、ねっ、案外にいけるだろ？」

幾千代が幼児のように目を輝かせ、おりきの反応を窺《うかが》う。

「本当ですこと……。そう言えば、亀蔵《かめぞう》親分が麩の焼に目がないのを思い出しましたわ」

「つがもない、い！　親分は口に入るものならなんであろうと目がないんだからさァ……。

成る口のくせして、甘いものならなんでもござれってんだから、はン、どんな胃袋《いぶくろ》をしてんだか！　そりゃそうと、今度生まれた赤児《やや》だけど、お初《はつ》って言ったかね？　そろそろ食い初《ぞ》めなんじゃないのかえ？」

「ええ、五日後と聞きましたが……」

「確か、みずきのときにはここで祝いをしたんじゃなかったたっけ……。じゃ、今度もここで？」

「それが、四月中は参勤交代《さんきんこうたい》でうちは連日席の暖まる暇がない有様《ありさま》ということもあり、親分の話では、此度《こたび》は八文屋《はちもんや》でおさわさんの手料理で祝うそうですの」

おりきがそう言うと、幾千代はくっと肩を揺《ゆ》すった。

「なんと、親分もみずきのときに比べて差をつけたじゃないか！　上の娘《こ》のときはおりきさんに名付親《なづけおや》を頼み、ここで祝膳《いわいぜん》を設《もう》けたというのに、それに比べて、今度の娘《こ》は八文屋で祝うってんだからさ……。いえね、決して、おさわさんの料理じゃ拙《まず》いと言ってるんじゃないんだよ。けど、みずきのときに比べると、何もかもがやけに質素《しっそ》に思えてさ！」

おりきは慌てた。

「幾千代さん、親分は別にそんなつもりでは……。ただ、お初ちゃんには鉄平《てっぺい》さんという立派な父親《てておや》がいるので父親に名前をつけさせただけの話ですし、ここで祝いをしないのはわたくしどもに気を遣《つか》って下さったのだと思います。それより何より、八文屋で祝膳が出来ると判断なさったからなのですよ……。わたくしもみずきちゃんの帯《おび》解《とき》の祝いに招かれましたが、それは見事な祝膳でした。おさわさんの心が籠《こ》もってて、何より、家族が手料理で祝ってやるのですものね。それが本来の姿だと思います」

「へえェ、やけに肩を持つじゃないか……。けどさ、隠そうったって、あちしにゃ親分の腹が見え見えでさ！　親分は父《てて》なし子のみずきを不憫《ふびん》がり、双親《ふたおや》の揃《そろ》った娘《こ》の何倍も可愛《かわい》がってやろうと思ってるのさ……。親は出来の悪い子ほど可愛いっていうだろ？　みずきの場合、生まれも生まれなら、生まれてから今日に至《いた》るまで、病《やまい》や怪我《けが》で一体どれだけ周囲《まわり》の者がはらはらさせられたと思う？　親分は親ではないが、祖父《じい》さまとして、そんなみずきが目の中に入れても痛くないほど可愛いのさ！」

そうかもしれない……。

いや、きっとそうなのであろう。

おりきにしても、みずきがこうめのお腹の中にいるときから気懸《きが》かりでならず、ことに名付親になってからというもの、みずきを我が娘、いや、孫のように思っているのであるから……。

おりきは話題を変えるつもりで、お茶のお代わりをしましょうね、と言った。

「ああ、貰《もら》おうか」

「それはそうと、先ほど、おたけさんが麩の焼を勧《すす》めたと言われましたが、おたけさんがお嫁に行かれて二月《ふたつき》……。では、久々に里帰りをなさったのですね？」

おりきが幾千代の湯呑《ゆのみ》に二番茶《にばんちゃ》を注《つ》ぎながら言うと、幾千代はぷっと噴《ふ》き出した。

「里帰り……。まっ、そう言えば聞こえがいいが、おたけったら、なんだのかんだのと理屈をつけては三日に上げず戻って来るんだよ。いや、勘違《かんちが》いしないでおくれよ。別に、夫婦仲《めおとなか》が悪いわけじゃないんだからさ……。要《よう》するに、亭主が魚の担《にな》い売りに出てしまうと、おたけは手持ち無沙汰《ぶさた》で……。そりゃそうだろう？　亭主と二人所帯じゃ家事といっても大した造作《ぞうさ》はなく、癇性《かんしょう》なおたけが家の中を隅《すみ》から隅まで磨《みが》き上げたところで、昼には終わっちまう……。それで、姫《ひめ》の顔を見たくなっただの、お半に浴衣《ゆかた》の糊《のり》のつけ方を教えておかなければ、と言っては戻って来るんだよ。はン、これまでは泥足《どろあし》で座敷に上がって来るだの、猫の毛が着物について困る、とあれほど姫のことを毛嫌《けぎら》いしていたくせして、何が顔を見たくなっただよ……。ところがさ、不思議なことに、姫のほうでもおたけが訪ねて来るのを悦《よろこ》んでいるみたいでさ……。これまでは、年中三界《ねんじゆうさんがい》おたけに鳴り立てられるもんだから、ろくすっぽう寄りつこうとしなかった姫が、現在《いま》ではおたけの姿を見るといそいそと寄っていき、脚《あし》に身体《からだ》をすりすりして悦んでいるみたいなんだよ……。おたけも脂下《やにさ》がった顔をして、あれは一体なんだろうね？」

幾千代がふざけたように目まじしてみせる。

「恐らく、おたけさんと姫とは、他の者には解《わか》らない強い絆《きずな》で結ばれていたのでしょうね」

「あちしもそう思うんだよ。おたけって女《おな》ごは照れ屋でさァ……。好きを好きと素直に言えないもんだから、それで敢《あ》えて背《そむ》けたことを言ってたんだろうが、姫にはそれが解っていたんだろうね……。おたけにギャアギャア鳴り立てられても姫にはおたけの本心が解っているもんだから、どこ吹く風……。案外、姫も鳴り立てられることを愉《たの》しんでいたのかもしれないしさ。つまり、おたけにとっても姫にとっても、あれはおふざけってこと……。まっ、傍《はた》で聞いているあちしや幾富士《いくふじ》は堪《たま》ったもんじゃなかったがね……」

幾千代が顔を顰《しか》めてみせ、おりきはくすりと笑った。

喧嘩《けんか》するほど仲がよいと言うように、案外、おたけと姫もその口だったのかもしれない。

「けどさ、今思えば、あれはなんだったのだろうかと思ってさ……。だってさ、嫁入りの前の晩、おたけったらあちしの前で手をつき、おかあさん、これまでお世話になりました、十七のときからこの家に入り、今日まで掃除しか能《のう》のないあたしによく堪《た》えて下さいました、身寄りのないあたしはここを追い出されたら洲崎《すさき》の海に飛び込む以外なかったけど、そんなあたしに愛想尽《あいそづ》かしすることもなく、よく辛抱《しんぼう》して下さいました、お陰で、少しずつ料理の腕も上がってきて、なんとか世間並みな女ごになれ、こうして嫁に貰ってやろうという男《ひと》にも巡《めぐ》り逢《あ》えました、どんなに感謝してもし尽くせません、本当はこれからご恩返しをしなければならないのに、こうしておかあさんの傍《そば》から去らなければならないのが辛くて堪りません……、とまあ、涙ながらに言うじゃないか……。あちしもつい貰い泣きしちゃってさ。嫁に行っても、ここはおまえの実家《さと》なんだからね、あちしはおまえのおっかさんなんだ、困ったことがあればいつでも相談に乗るから来るんだよ、決して悪いようにはしないからって……、そう言ったんだよ。そしたら、おたけがなんて言ったと思う？　嫁入り先が目と鼻の先といっても、一旦《いったん》嫁に出たからには区切《けじめ》というものがある、藪入《やぶい》りには来させてもらうかもしれないので、そのときは温かく迎えて下さい、と頭を下げたばかりか、姫を膝《ひざ》に抱き、元気でいるんだよ、おかあさんはおまえがいないと生きていけない女《ひと》なんだからね、この前みたいに、何日も家に帰って来ないなんてことをするんじゃないよ、解ったね、って姫の頭を撫《な》でながら今生《こんじょう》の別れみたいにぼろぼろ涙を零《こぼ》すんだよ……。そんな別れ方をしたっていうのに、いざ蓋《ふた》を開けてみると、この有様だ！　開いた口が塞《ふさ》がらないとはこのことだよ……」

幾千代が憎体口《にくていぐち》を利《き》く。
が、その顔は嬉《うれ》しくて堪らないといった面差《おもざ》しであった。

おたけが幾千代の前で頭を下げ、姫に切々《せつせつ》と別れを告げているさまが脳裡《のうり》に映《うつ》し出され、おりきは思わず頬《ほお》を弛《ゆる》めた。

だが、そんなに度々《たびたび》おたけが戻って来るのでは、お端女《はした》としておたけのあとに入ったお半がやりづらいのではなかろうか……。

つっと、そんな想《おも》いが頭を過《よ》ぎった。

「それで、お半さんはどうしています？」

おりきが幾千代の顔を窺う。

「ああ、よくやってくれてるよ。あの女《ひと》、痒《かゆ》いところに手が届くみたいに気がつくからさ。おたけがお端女としてうちに来たばかりの頃は、手取り足取り教えなきゃ何も出来なかったが、お半は何もかもを呑《の》み込んでいてさ……。しかも、おたけが再々帰って来ても嫌《いや》な顔ひとつ見せずに、自分は新参者《しんざんもの》なんでおたけから教えを請《こ》わなければって態度で下手《したて》に出るもんだから、波風ひとつ立つことはない……。苦労人なんだよ、あの女《ひと》は……。歳《とし》はおたけとおっつかっつだが、下手《へた》に甲羅《こうら》を経《へ》たわけじゃなく、辛抱の棒が大事と、己を打たれ強くしてきたのかもしれないね……。姫もおたけのときと違って、お半には素直に甘えてさ……。あちしはそれがいっち嬉しいのさ！」

おりきはほっと胸を撫で下ろした。

これまで茨道《いばらみち》を歩《あゆ》んできたお半だが、幾千代の傍にいればもう安心……。

やっと、お半は安住《あんじゆう》の地を得《え》ることが出来たのである。

「良かった……。幾千代さん、これからもお半さんのことをお願いしますね」

「合点承知之介《がってんしようちのすけ》！　あい、委《まか》された」

幾千代とおりきは顔を見合わせ、目許《めもと》を弛めた。

その日、足袋屋雀隠れ《たびやすずめがくれ》が開店したと聞いたおりきは、祝いに角樽《つのだる》と焼鯛《やきだい》を手に雀隠れを訪れた。

それまで天狗屋《てんぐや》という屋号《やごう》と下駄の絵が描《えが》かれていた油障子《あぶらしょうじ》は一新《いっしん》され、現在《いま》はすっきりと屋号が書かれただけで、軒下《のきした》に吊《つ》り下げられた足袋の形をした看板に御誂《おあつらえ》という文字がなければ、雀隠れだけでは何を商《あきな》う見世《みせ》か判《わか》らない。

店内も下駄屋のときと打って変わり、展示台に見本の足袋や股引《ももひき》、腹掛《はらが》けが一式並べてあるきりで、これまで下駄や草履《ぞうり》が並べられていた場所は板敷の仕事場に作り替《か》えられている。

台の上に木綿《もめん》を広げ、型紙を充《あ》て裁断していた公三《こうぞう》がおりきを認め、おいでなさいませ、先日はお世話になりやした、と頭を下げた。

「本日はお目出度《めでと》うございます」

おりきが頭を下げると、声を聞きつけ奥から柚乃《ゆずの》が慌てて出て来た。

「まあ、立場茶屋《たてばぢやや》おりきの女将《おかみ》さん……。よくお越《こ》し下さいました。ささっ、どうぞお上がり下さいませ」

「では、お邪魔いたします」

おりきは柚乃に導《みちび》かれるまま、茶の間へと上がった。

茶の間はみのりがいたときとそっくりそのままである。

長火鉢《ながひばち》の他に家具らしきものが見当たらないのは、これから追って揃えるが現在《いま》はまだそこまで手が廻《まわ》らないということなのだろう。

おりきは長火鉢の前に坐《すわ》ると、風呂《ふろ》敷包《しきづつ》みを解《ほど》き、大皿に盛った焼鯛と角樽を柚乃の前に差し出した。

「これはほんの気持です。活鯛《いきだい》にしたほうがよかったのかもしれませんが、それだと魚を捌《さば》くのに手間がかかるのではないかと思い、焼鯛に致しましたの」

「そんな……。まだ知り合ったばかりだというのに、こんなことをしていただいては申し訳ありません」

柚乃は気を兼ねたように言うと、おまえさん、と見世のほうに声をかけた。

公三が茶の間に入って来る。

「今、女将さんがこれを……。店開きの祝いにと言われるのだけど、いいのかしら、頂いても……」

公三は一尺二寸はあろうかと思える焼鯛を見て、目をまじくじさせた。

「これは見事な……。えっ、これをあたしどもに？」

「まだお近づきになったばかりというのに、こんなものを頂いちゃ悪いよね？」

柚乃が公三を窺う。

「あら、お近づきになったからこそ、差し上げるのではないですか。末永《すえなが》く宜《よろ》しくという私どもの気持ですので、どうか遠慮なく受け取って下さいませ」

おりきがそう言うと、公三は意を決したようにおりきに目を据《す》え、

「では、遠慮なく頂きやす。本来ならば、新しく門前町《もんぜんちょう》の仲間に加えてもらった手前どものほうから挨拶《あいさつ》に伺《うかが》わなければならなかったのでやすが、田澤屋《たざわや》の旦那が近日中に寄合《よりあい》を開き、そこでお披露目《ひろめ》するので、それまで待つようにと言われやして……。申し訳ありやせんでした。けど、女将さんには先日お目にかかり、今日はまたこうして祝いに駆けつけて下さったわけだ……。だからというのもなんだが、では、手前どもからもお礼をさせていただきてェと思いやす。失礼でやすが、お御足《みあし》を採寸《さいすん》させていただいても宜しいでしょうか」

「まあ、おまえさん、それはよい考えだこと！　女将さんに足袋を作って差し上げるんですね？」

柚乃が上擦《うわず》った声を出す。

おりきは挙措《きょそ》を失った。

まさか、こんな展開になるとは思ってもみなかったのである。

胸の内では、祝いに行ったついでに足袋を誂《あつら》えてもよいと思っていたのだが、まさ

か礼としておりきの足袋を作らせてくれとは……。

　公三はおりきの返事も待たずに、仕事場から文尺《もんじゃく》を手に戻って来た。

　こうなると、採寸してもらうより仕方がないだろう。

　おりきは横坐《よこずわ》りになると、足袋を脱《ぬ》いだ。

　すると、公三が、失礼しやす、とおりきの脱いだ足袋を手にし、裏を返したり鞐《こはぜ》を確かめたり……。

「なかなか良い仕事だ……。この足袋はどちらで誂えなさいやした？」

「三田《みた》一丁目の江戸華《えどはな》という見世です。十数年前に型紙を起こしてもらって以来、ずっとその見世の足袋を愛用しています」

「そこに割り込むのは心苦しいのでやすが、一度だけ、手前どもの足袋を履《は》いてみていただけると有難《ありがた》く思いやす」

　公三はそう言い、おりきの足を文尺で測《はか》っていった。

　文尺は一文銭の幅の長さに目盛《めも》ってあり、つまり、足裏に一文銭を縦《たて》に並べて測る要領となる。

　足袋職人は採寸から型紙を起こし、布地の裁断、通しと呼ばれる鞐をかける掛糸《かけいと》、裏返しての甲縫《こうぬ》い、足止め（踵《かかと》）、先付《さきづけ》（爪先《つまさき》）と、完成までに十四の工程を踏む、技術のいる作業である。

だが、大坂《おおざか》で小間物屋の番頭をしていたという公三に、何ゆえ、足袋職人の腕があるのであろうか……。

おりきのそんな想いに気づいたのか、柚乃がお茶を淹《い》れながら言う。

「この男《ひと》ね、大坂に来る前まで、柳橋《やなぎばし》の足袋屋で職人をやっていましたのよ。あることがあって江戸を離れることになり、小間物を扱う布袋屋《ほていや》に入ったのですが、この男《ひと》にしてみれば商人《あきんど》より足袋職人のほうが長いのですものね……。本当は上方《かみがた》でも足袋職人の腕を生かしたかったのでしょうが、江戸と上方では微妙《びみょう》に作り方が違うそうで、三十路《みそじ》近くの男が今さら一から出直すのを躊躇《ためら》ったそうですの……。あら、江戸を離れることになったといっても、別に悪さをして所払《ところばらい》になったわけではありませんので誤解なさらないで下さいね」

柚乃がそう言い、長火鉢の猫板《ねこいた》に湯呑を置き、茶を勧める。

ああ、それで……。

おりきはやっと納得できたように思った。

と言うのも、公三も柚乃も大坂から来たというのに、浪花言葉《なにわことば》が一切《いっさい》でないからである。

では、柚乃も江戸の女ご……。

だが、そこまで立ち入ったことを訊《き》くのも憚《はばか》られて、おりきは黙って柚乃が淹れてくれた茶を口にした。

お番茶《ばんちゃ》なので、おりきが淹れる茶には到底《とうてい》及ばない。

が、それでも、喉《のど》の渇《かわ》きを潤《うるお》すには充分であった。

「では、この寸法《すんぽう》で女将さんの足袋を作らせていただきやす。但《ただ》し、一人でやる作業なもので、出来上がるまで三廻《みまわ》り（三週間）ほどお待ち下さいやすか？　江戸に戻って初めての仕事とあって、納得のいくものを作らせていただきたく思いやすんで……」

公三が頭を下げ、仕事場に戻って行く。

「それで、なんとか見世を廻していけそうですか？」

おりきが柚乃の顔をちらと窺うと、柚乃は寂《さみ》しそうな笑いを浮かべた。

「さあ、どうでしょう。今朝、五ツ（午前八時）に見世を開けたのですが、見えたのは女将さんが初めてですの……。田澤屋の旦那さまが内儀《ないぎ》やお嫁さんに声をかけてやると言って下さっているので、追々《おいおい》客も増えると思いますが、何しろ、職人はあの男《ひと》一人ですので、限度というものがありますでしょう？　ですから、あたし、櫛《くし》や簪《かんざし》といった小間物を仕入れて、足袋屋の傍《かたわ》ら、あたしが小間物を扱ってもいいかと思っていますの。それなら、大坂で培《つちか》ったことが少しは役に立つのではないかと……。これでも、十三年間小間物屋の女房を務《つと》めてきたのですもの、大坂と江戸とでは商《あきな》いのやり方が違うといっても、あたしは元を糺《ただ》せば江戸の女ご……。やって出来ないことはないと思いましてね」

おりきはやっと平仄《ひょうそく》があったとばかりに頷いた。

「やはり、柚乃さんも江戸の生まれなのですね？」

「お気づきになりました？　それはそうですよね？　あたしも公三も浪花言葉を使わないのですものね。いえね、あたし、北（新吉原《しんよしわら》）で振袖新造《ふりそでしんぞう》をしていたんですよ。あっ、あたしたちのことは田澤屋の旦那さまからお聞きですよね？」

柚乃が探《さぐ》るような目でおりきを見る。

「ええ、お聞きしました」

「だったら話は早いですわ。布袋屋の旦那、つまり、あたしの亭主ですが、初めて五丁《ごちょう》（新吉原）に脚《あし》を踏み入れたとき、花魁《おいらん》に付き添《そ》ったあたしにひと目でぞっこんとなりましてね……。江戸にいるのであれば足繁《あししげ》く通うことも出来ますが、大坂だとそうもいかないというので、商いのために持参していた金を叩《はた》き、あたしを身請《みうけ》すると大坂に連れ帰ったのですよ。あたしは二十二でしたからね。おまけに、双親とも既《すで》にこの世にいませんでしたので、抗《あらが》うことなど出来ません。それで、亭主の言いなり三宝《さんぼう》……。其者上《それしゃあ》がりだと世間から後《うし》ろ指を指《さ》されないように大店《おおだな》の内儀として振る舞えと言われ、あたしはあの男《ひと》が中気《ちゅうき》で倒れるまで無我夢中《むがむちゅう》で努《つと》めました。けれども、それより何より、あの男《ひと》が寝たきりとなってからが、それは大変で……。ほんの少しでもあたしから目を離すと、若い店衆《たなし》や客に色目を使うのではなかろうかと、猜疑《さいぎ》からか片時もあたしを傍から離そうとせず、しかも、自由に身体を動かせないことに気を苛ってばかりで……。あの男《ひと》が眠りに就《つ》いたそのときだけが、ほっと息の吐《つ》けるときだったのです。公三はそんなあたしに同情してくれたのです。亭主を捨てて自分と一緒に逃げようと何度も言ってくれました。けれども、そんなことをしたのでは病《やまい》のあの男《ひと》はどうなるのだろうかと思い、結句、踏ん切れないままでいたのです。それが、この正月明け、亭主が息を引き取りまして……。呆気《あっけ》ないほどに静かな亡くなり方でした。あたしはやっと亭主から解放され、自由の身になれたのです。けれども、これから先、女ご一人が見世を切り盛りしていくのも心細く、しかも、周囲《まわり》の者からあたしと公三の関係を目引き袖《そで》引き噂《うわさ》され、あのまま大坂で商いを続けていくのは無理だと悟《さと》ったのです。江戸に戻ろう、あたしも公三も江戸が故郷なのだから……。そう思い、布袋屋を処分すると、二人して江戸を目指《めざ》したのです。公三は江戸には苦《にが》い思い出があるようですが、あたしのためなら火の中、水の中と言ってくれましてね。見世を処分した金子《きんす》も残っていますので、当面立行《たちいき》していく分《ぶん》には困りません。けれども、そんなお金は何もしないでいるとすぐになくなりますからね。それに、生き甲斐《がい》を見出すためにも、人は働かなければなりません。公三が足袋屋に戻りたいと言ったときの顔……。今でも忘れることが出来ません。ですから、あたし、公三を支えたいのです。ああ、女将さんに胸の内を聞いてもらえて良かった！　田澤屋の旦那さまがいの一番に女将さんを紹介して下さったのは、このことだったのですね……。女将さんなら、何を聞いてもふわりと包み込んで下さり、力になって下さるだろうということだったのですよ」

「解りましたわ。わたくしに何ほどのことが出来るかどうか判《わか》りませんが、及ばずながら力になりましょうぞ！　手始めに、足袋の件は心当たりにこの見世のことを宣伝しておきましょう。それで、小間物のことですが、取引先として、江戸に心当たりがおありですか？」

おりきが柚乃を瞠《みつ》める。

「江戸のことは何も知りません。それで、田澤屋の旦那さまに相談しようと思っていたところなのです」

「そうですか。それがよいでしょう。扱うものが違うと言っても、あの方は根っからの商人ですからね。悪いようにはなさらないでしょう。わたくしも心懸《こころが》けておきますので……」

「有難うございます」

柚乃が嬉しそうに頰を弛める。

「では、茶屋や旅籠《はたご》のことが気になりますので、今日はこれで失礼させていただきます」

するとおりきの声が聞こえたとみえ、公三が慌てふためいたように仕事場からやって来て、おりきの前でぺこんぺこんと飛蝗《ばった》のように腰を折った。

「女将さん、期待していて下せえ！　必ずや、満足していただける足袋を作りやすんで……」

公三が再びぺこんぺこんと腰を折る。

その姿が思わずおりきの笑《え》みを誘《さそ》った。

「解りましたわ。期待していますからね」

公三の顔に緊張の色が走る。

それはまさに職人の顔……。

水を得た魚といったほうがよいかもしれない。

おりきはこの顔が見られただけでも、今日ここに来た甲斐があったと思うのだった。

旅籠に戻ると、多摩《たま》の花売り三郎《さぶろう》が中庭の井戸端に坐り込み、煙管《きせる》を吹かしていた。

三郎がおりきの姿を見ると、慌てて立ち上がり、ぺこりと辞儀をする。

「待たせて悪かったですね。ご近所で今日が開店という見世がありましたので、祝いに駆けつけて来たところなのですよ」

おりきはそう言うと、三郎の傍に置かれた髭籠《ひげかご》に目を瞠《みは》った。

枝垂柳《しだれやなぎ》、猫柳《ねこやなぎ》、雪柳《ゆきやなぎ》、木五倍子《きぶし》と、いかにも茶屋の信楽《しがらき》の大壺《おおつぼ》に似合《にあ》いそうな枝が目に留《と》まったのである。

「今日は枝垂《しだ》れるものばかりじゃありやせんぜ。春竜胆《はるりんどう》に花水木《はなみずき》、射干《しゃが》、それに女将さんがお好きな白い花として、二輪草《にりんそう》、貝母《ばいも》、小手毬《こでまり》もありやすからね」

三郎が籠の中から茎《くき》のほっそりとした貝母を大事そうに取り出す。

別名編笠百合《あみがさゆり》とも呼ばれるが、ほっそりとした茎と百合に似た楚々《そそ》とした花を下向きにつける貝母の、なんとも可憐《かれん》なこと……。

おりきの好きな花の一つだった。

おりきが貝母を手に目を細めると、三郎は続けた。

「草花の採取《さいしゅ》にはよい季節になりやした。これから片栗《かたくり》、額空木《がくうつぎ》、深山桜《みやまざくら》、銀蘭《ぎんらん》、桷《ずみ》と、女将さんのお好きな花が目白押《めじろお》しで……。期待していて下せえ」

「そう言えば、ここ暫《しばら》く片栗の花を見ていないように思います。わたくし、あの花が大好きで、以前は喜市《きいち》さんがよく持って来て下さったのですが、この頃は採取に出られないと聞きましたので諦《あきら》めていましたのよ。やはり、無理なのでしょうね」

「いや、無理というわけじゃ……。実は、片栗の花が咲いている場所をおとっつァんが教えてくれねえもんで……。恐らく、穴場を自分だけの宝物と思ってるんだろうが、このまま採取から脚を洗うつもりなら、いい加減《かげん》にあっしかおえんに教えてくれてもいいようなものを……。大丈夫《でえじょうぶ》だ、女将さん！　女将さんが片栗の花を欲《ほ》しがっていなさるからと言って、何がなんでも口を割らせ、この次来るときには必ず持って来やすんで……」

三郎が自信たっぷりに、にたりと笑う。

「いえ、無理をしなくてよいのですよ。あれば嬉しいといった程度の軽い気持なのですから……。では、お代を……」

おりきは帯の間から早道《はやみち》（小銭入れ）を取り出し花の代金を払うと、そうだわ、少し待っていて下さいな、と帳場に戻った。

到来物《とうらいもの》の越《こし》の雪を、喜市への土産《みやげ》にと思ったのである。

おりきは仏壇に供《そな》えた越の雪を手にすると、再び、中庭に引き返した。

「これを喜市さんの土産に持って帰って下さいな」

「へっ、こりゃどうも……。おとっつァん、悦びやすぜ！　遠慮のう頂いていきやす」

三郎は恐縮し、ぺこぺこと頭を下げて帰って行った。

おりきは手桶《ておけ》に浸《ひた》した草花を手に、茶屋へと入って行った。

茶屋は朝餉膳《あさげぜん》にひと段落《だんらく》ついたところで、広間に三人ほど客の姿があるだけだった。が、四半刻《しはんとき》（三十分）もすると早めの中食《ちゆうじき》を摂《と》る客が押しかけて来て、再び、応接に暇《いとま》がないほどの忙しさとなる。

従って、信楽の大壺に花を活《い》けるのは、今のこの期を逃《のが》してはならない。

茶立女《ちやたておんな》たちが手桶に浸した見事な雪柳に、吸い寄せられるように寄って来る。

「まっ、なんて綺麗《きれい》なんだえ！」

「雪柳とはよく言ったもんだね。まるで雪が降ってるようじゃないか……」

「本当に目を瞠るようですわ。雪柳も綺麗だけど、わたしは花水木に惹《ひ》かれます」

百世《ももよ》である。

おくめにおなみ、お真砂《まさ》、小春《こはる》といった茶立女の背後から、百世が遠慮がちに覗《のぞ》き込んでいるが、おや、どうしたことか、古株《ふるかぶ》のおよねの姿が見えないではないか……。

「およねはどうしました？」

おりきが広間を見廻《みまわ》すと、おくめが眉根《まゆね》を寄せる。

「およねさん、今朝、どうしても蒲団《ふとん》から出られなくてさ……。頭が割れるように痛く、吐《は》き気《け》がするっていうんですよ。いや、吐きはしなかったんですがね……。厠《かわや》に連れてけって言うもんだから付き添ったんだけど、身体から芯《しん》が抜け落ちたみたいにふらついてさ……。それで、茶屋番頭に頼んで、今日は休ませてもらうことにしたんですよ」

えっと、おりきの顔から色が失《う》せた。

「では、現在《いま》は二階の使用人部屋で休んでいるのですね？」

おくめが頷く。

おりきは茶立女たちを見廻した。

この中で、信楽の大壺に花が活けられそうなのは、どうやら百世だけのようである。

「百世、今日はおまえが活けてみなさい。わたくしはおよねの容態《ようだい》を見てきますので……」

百世が狼狽《うろた》えて後退《あとじさ》りする。

「いえ、わたしは……。こんな大壺に活けたことがありませんので、どなたか他の方に……」

おりきがさっとおくめやおなみに視線を移す。

おくめもおなみも慌てて首を振った。

およねに次《つ》いで古株のおくめが無理というのであれば、まだ小娘のお真砂や小春は言わずもがな……。

やはり、百世が適任のようである。

「百世、上手《うま》く活けようなんて思うことはないのです。おまえが活けたいように活ければよいのですから、さあ、やってごらんなさい!」

おりきがそう言うと、おくめとおなみが相槌《あいづち》を打つ。

「そうだよ、やってみな! 以前ここで茶立女をしていたおまきなんか、女将さんから活けてもよいと言われて、大悦びで活けてたよ」

「とても女将さんのようにはいかなかったけどさ！　それでもなんとか見られたからさ……」

おりきばかりか茶立女たちからも勧められたのでは百世も後に退《ひ》けないと思ったのか、花鋏《はなばさみ》を受け取る。

おりきは、頼みましたよ、と言うと、二階の使用人部屋に上がって行った。

およねは女部屋の窓際に床を取っていた。

「およね、どうしました。具合が悪いのですって？」

おりきが傍に寄って行くと、およねは慌てて起き上がろうとした。

「ああ、そのままで……。寝ていて下さいな」

おりきはおよねを制すと、額に手を当てた。

熱はないようである。

「頭が痛いのですって？　吐き気もするとおくめから聞きましたが……」

「吐き気は治《おさ》まりました。けど、頭の中で銅鑼《どら》が叩《たた》かれてるみたいで……」

「いつから痛むのですか？」

「明け方近くですかね。夕《ゆん》べは普通に眠ったんだけど、あまりの痛さに目が醒《さ》めちまって……」

おりきは気遣《きづか》わしそうに顔を曇《くも》らせた。

「一度、素庵《そあん》さまに診《み》てもらったほうがよいと思いますが、南本宿《みなみほんじゅく》まで歩けますか？　ああ、無理でしょうね……。となれば、往診《おうしん》を願うことになりますが、それだと、午後からになります。そうだわ、四ツ手（駕籠《かご》）を呼びますので、これからわたくしと一緒に素庵さまのところに参りましょう」

およねが慌てて首を振る。

「いえ、いいんです。このまま寝ていれば治《なお》りますんで……」

「いけません。万が一、大変な病だったらどうするのですか！　いいから、ここは素直にわたくしの言うことを聞くものです」

おりきはそう言うと、再び階下に戻り、茶屋番頭の甚助《じんすけ》を呼んだ。

「甚助、四ツ手を呼んで下さい。出来れば八造《はちぞう》さんがいいのですが、近くにいなければ誰でもいいです。そうですね、わたくしも行きますので二台呼んで下さい」

「四ツ手を二台って、えっ、どこに行かれるんで？」

「およねを素庵さまのところに連れて行きます」

「およねを……。じゃ、およねはそんなに悪いんで？　あっしはてっきり血の道（更《こう》年期障害《ねんきしようがい》）だろうと思ってやしたが……」

「血の道なのか、それとも重篤《じゆうとく》な病なのかは、診てもらわないと判らないことです。どうあれ、手後《ておく》れになっては困りますから、診てもらうように越したことはありません」

おりきがそう言うと、甚助は慌てふためいたように表に飛び出して行った。

茶立女たちが心配そうな顔をして、おりきを瞠《みつ》めている。

が、百世は八割方大壺に花を活け上げたようである。

上段から斜《なな》め加減に枝垂れる雪柳……。

根締《ねじ》めに二輪草を配し、白一色で纏《まと》めてあるが、なまじ色ものを持ってくるより寧《むし》ろ華《はな》やかに見える。

おりきは目から鱗《うろこ》が落ちたような想いで、改めて百世を見た。

葉の緑の中にあり、白がこれほど美しく見えるとは……。

おりきは百世の審美眼《しんびがん》を垣間《かいま》見たように思った。

が、現在《いま》はゆったりと花を愛《め》でている場合ではない。

おりきは板場衆《いたばし》に目をやると、追廻《おいまわし》に声をかけた。

「又三《またぞう》、軍治《ぐんじ》、四ツ手が来たら、二階からおよねを運ぶのを手伝って下さい」

と、そこに、六尺《ろくしやく》（駕籠舁《か》き）の八造が顔を出した。

「お呼びで？」

「ご苦労だったね。病人が出たので南本宿の素庵さまのところまで運んで下さいな。もう一台頼んだのですが、来ましたか？」

「へい。来てやす」

おりきが追廻に目まじする。

又三と軍治が二階へと上がって行き、おりきも後に続いた。

内藤《ないとう》素庵はおりきに診察室の外に出るようにと目まじした。

おりきが素庵の後に続き、調剤室に入る。

「それでどうなのでしょう」

おりきが怖々《こわごわ》と訊《たず》ねると、素庵は腕を組み、蕗味噌《ふきみそ》を嘗《な》めたような顔をした。

「現在《いま》はなんとも言えないが、脳動脈瘤《のうどうみゃくりゅう》の破裂《はれつ》が考えられるのでな……」

「脳動脈瘤の破裂とは……。えっ、まさか、卒中《そっちゅう》ってことで！　けれども、およねは意識がしっかりしていますし、茶屋を出るまではあれほど痛がっていた頭痛も、ここに着いた途端《とたん》、幾分《いくぶん》治まってきたと言っています。それなのに卒中とは……」

おりきが途方《とほう》に暮れた顔をする。

「女将、まあ落着きなさい。およねの場合、脳を覆《おお》う膜《まく》、くも膜という箇所《かしょ》に軽い出血が見られるようでよ……。破裂しない動脈瘤を一度と考えれば、およねの場合は二度で頭痛はあるが、それ以上の症状はない。これが三度になると傾眠《けいみん》、錯乱《さくらん》、四度で昏迷《こんめい》、半身麻痺《はんしんまひ》、五度で深昏睡《しんこんすい》、瀕死《ひんし》に至《いた》ると考えてよい」

「では、およねが二度だとすれば、安心してよいのですね？」

おりきがそろりと素庵を窺う。

「いや、決して安心は出来ない……。再度、破裂することが充分考えられるのでな」

おりきの顔が強張《こわば》る。

「では、どうしたらよいのでしょう」

「比較的二度目の破裂は早い時期に起きるので、暫く安静にしていなければならない。つまり、脳神経の破壊を最小限に留《とど》めなければならないのだ」

「では、ここに連れて来たのは間違いだったと……」

「いや、およねの場合は割れるような頭痛があっただけで他の症状が見られなかったので、卒中を疑わないのは当然でよ……。が、再び茶屋に戻すのは勧められない。安定するまで病室で預かることにするので、女将からおよねにその旨《むね》を伝えてほしいのだ」

「解りました。こうなれば、素庵さまにお縋《すが》りするよりほかありません」

「現在《いま》の医療では治療する手立てがないのでな……。せいぜい、釣藤散《ちようとうさん》や桂枝加朮附湯《けいしかじゆつぶとう》で頭痛を和《やわ》らげてやることしか出来ぬ……」

「それでもよいのです。せめて、現在《いま》の段階で止《とど》め、これ以上悪くならなければ……。およねのことをどうか宜しくお頼み申します」

おりきが胸前《むねまえ》で手を合わせ、深々と頭を下げる。

診察室に戻ると、およねが着物の襟《えり》を合わせ、身繕《みづくろ》いをしていた。

「およね、いけませんよ、寝ていなければ！」

おりきが慌てて傍に寄って行く。

「もう頭痛が治まりかけましたから……。これから中食時を迎え、茶屋が忙しくなるというのに、ここで呑気《のんき》に寝ているわけにはいきませんからね」

「何を莫迦《ばか》なことを言っているのですか！　今、素庵さまからお聞きしたのですが、およねは軽い卒中に陥《おちい》ったのですよ。幸い、今回は頭痛程度で済みましたが、いつまた、第二、第三の破裂が起きるか判らないそうです。ですから、安静にしていることです。およねだって、半身麻痺になったり、生命《いのち》を落としたくはないでしょう?」

およねが息を呑む。

「そんな……。そんなことになったら、女将さんや茶屋衆《ちゃやし》に迷惑をかけちまう……」

「ですから、これ以上悪くならないように、安定するまで診療所で静養することです。素庵さまや代脈《だいみゃく》(助手)たちが傍についていてくれると安心でしょう? わたくしも暇を見てちょくちょくおまえの顔を見に来ますので、後生一生《ごしょういっしょう》のお願いです。ねっ、そうしてくれませんか?」

おりきが縋るような目でおよねを瞠める。

およねは今にも泣き出したいのを懸命《けんめい》に堪《こら》え、こくりと頷いた。

「解りました。暫くでいいんですよね? 頭痛が完全に治まったら、また茶屋で働けるんですよね? あたしから茶立女の仕事を奪《うば》われたのでは、死んだのも同然……。いっそ品川の海に飛び込んだほうがどれだけましか!」

「およね、そんなことを言うものではありませんよ。大丈夫ですよ。きっとよくなります。それにね、茶屋にはおよねが必要なのですよ。おまえは先代が門前町に立場茶屋おりきを出された頃からの、謂《い》わば、茶屋の生き証人のような存在ではありませんか。これからも茶立女や板場衆を引っ張っていってもらわなければなりませんので、現在《いま》は安静にして、一日も早く元の身体に戻れるようにしましょうね」

およねの頬をつっと涙が伝う。

「女将さんにそんなふうに言ってもらえると、あたしは嬉しい……。先代の女将さんに拾ってもらってからというもの、あたしには立場茶屋おりきが我が家だったんだ。だから、おまえはもう用なしだよと言われたら、あたしはどうしていいのか……」

「そんなことを言うわけがありません。およねは茶屋にとってもわたくしにとっても、なくてはならない女《ひと》なのですよ」

「女将さん……」

およねが顔に手を当て、くくっと肩を顫《ふる》わせる。

「およね……」

おりきはおよねを抱き締《し》めた。

すると、堪りかねたようにおよねがおりきの胸に顔を埋《うず》め、激しく泣きじゃくった。

おりきがそっとおよねの背中を擦《さす》ってやる。

母娘《おやこ》ほど歳の違うおよねだが、おりきから見れば、およねも我が娘《こ》……。

そう思うと愛《いと》しくて堪らなかったのである。

おりきはおよねを病室に連れていき、一旦立場茶屋おりきに戻ることにした。

恐らく茶屋衆が案じていることだろうし、誰かに浴衣や湯文字《ゆもじ》といったものを届けさせなければならない。

おりきが茶屋に顔を出すと、甚助やおくめが待ち構えていて、慌てて傍に寄って来た。

「およねの按配《あんべえ》は？　素庵さまはなんと……」

「軽い卒中のようなのですよ。素庵さまの話では、くも膜とかいう場所に出血したそうで……」

「卒中……。けど、およねさんは意識がしっかりしていたし、口が廻らないってこともなかったのに……」

おくめが信じられないといった顔をする。

「ええ、ですから、出血したといっても、ほんの軽い出血のようで助かりました」

「じゃ、大丈夫なんですね？」

「取り敢えずです。再破裂ということが充分に考えられますので、それで安静を保《たも》つために暫くおよねを診療所で預かってもらうことにしましたの。そんな理由《わけ》なので、おくめ、手が空《す》いたときを見て、およねの浴衣や湯文字といったものを病室に届けて下さいな。わたくしも、午後からまた覗いてみますが、皆、およねのことで動揺してはなりませんよ。およねは自分が茶屋を抜けることで皆に迷惑をかけるのではないかと案じていますが、こんなときだからこそ、皆でおよねの留守を護《まも》らなければなりません。おくめ、およねがいない間はここではおまえが最古参《さいこさん》なのだから、あとを頼みましたよ」

「解りました。さあさ、皆、どうした！　手がお留守になってるじゃないか……。昼の書き入れ時もあと僅《わず》かだ。最後のひと踏ん張りをしておくれよ！」

おくめがポンと手を打ち、小春やお真砂を鳴り立てる。

おりきは信楽の大壺に目をやった。

なんと、見事に活けられているではないか……。

おりきが百世に目まじする。

百世は恥ずかしそうに微笑《ほほえ》んでみせた。

そうして旅籠の帳場に戻ると、亀蔵親分が待っていた。

「どうしてェ、茶屋番頭から聞いたが、およねがぶっ倒れたんだって？」

ぶっ倒れたとは、なんとも大袈裟《おおげさ》な……。

人の口にかかると、こうして尾に尾をつけて話が大きくなるのである。

が、およねは意識を失いこそしなかったが、決して安閑《あんかん》としていられる状態ではないのである。

「あっしは女将さんがおよねを素庵さまのところに連れてったことも何も知らなかったもんで、親分から聞いて肝っ玉が縮《ちぢ》み上がっちまいやしたぜ……。それで、どうなんで？」

達吉が気遣わしそうに眉根を寄せる。

「それがね……」

おりきは二人に素庵から聞いたことを話した。

「じゃ、まだ予断《よだん》は許されねえってことか……」

達吉が苦虫《にがむし》を嚙《か》み潰《つぶ》したような顔をする。

「およねは幾《いく》つだ？」

亀蔵が継煙管《つぎきせる》に甲州《こうしゆう》(煙草《たばこ》)を詰めながら訊ねる。

「確か、わたくしと十七は違うように思いますので、五十路半《いそじなか》ばかと……」

「ちょ、ちょい待った！　てこたァ、おりきさん、おめえ、三十……」

亀蔵が慌てて、詰めたばかりでまだ火も点《つ》けていない煙管の雁首《がんくび》を、パァンと灰吹《はいふ》きに打ちつける。

「嫌《いや》ですわ、親分。女ごに歳のことを訊くものではありませんわ……。ええ、年増《としま》も年増、四十路《よそじ》近い大年増《おおどしま》ですわよ」

「おったまげた……。俺《おり》ャ、おりきさんは三十路前《みそじめえ》だとばかり……。てこたァ、巳之吉《みのきち》も四十路が近ェってことで、俺は五十路過ぎ……。てやんでェ、歳が一体《いってえ》なんだというのよ！」

亀蔵が気を苛ったように、再び、煙管に甲州を詰める。

達吉がくすりと肩を揺らす。

「なんだろうね、親分は……。自分が歳のことを口にしたくせしてよ」

亀蔵が煙管に火を点けると、長々と煙を吐き出す。

「いや、俺ャよ、およねが五十路を過ぎたのなら、そんなことがあってもおかしくはねえと思ってよ……。考えてみりゃ、もういつ棺桶《かんおけ》に脚を突っ込んでも不思議じゃねえ歳だもの……。けど、昨日まであんなに元気だったおよねがよ……。人間、いつ何があってもおかしくはねえってことで、そう考えれば、生きてるうちに心残りがねえような生き方をしとかなくちゃ……」

亀蔵がやけにしんみりとした口調で言う。

「止《よ》しとくんな、親分！　それじゃ、まるでおよねの先が永《なが》くねえみてェな……」

達吉が苦々《にがにが》しそうに呟《つぶや》く。

おりきは腹を決めたかのように顔を上げ、亀蔵を瞠めた。

「親分、お願いがあるのですが……」

亀蔵がとほんとした顔をする。

「急いで人を捜《さが》していただけませんか？」

「捜すって、一体《いってえ》、誰を……」

「およねさんの息子さんです」

おりきはそう言うと、ひたと亀蔵に目を据えた。


四年前のことである。

三歳の頃に別れたきりで、その後一度も逢ったことがなかったおよねの息子福治《ふくじ》が、父親《ておや》の形見の柳刃包丁《やなぎばぼうちょう》を持って茶屋を訪ねてきたのである。

が、終《つい》しか、見世を出るまで福治は息子だと名乗らず、あの女ごにこれを渡してくれ、と言って手拭《てぬぐい》に包んだ柳刃をおまきに託《たく》し見世をあとにしたのである。

おまきから包みを渡されたおよねは、それが亭主の矢吉《やきち》が使っていた柳刃と知ると、色を失った。

堺英心斎《さかいえいしんさい》の銘《めい》の隣に刻《きざ》まれた、矢吉、という文字……。

研《と》いで研いで、使い熟《こな》された柳刃は、紛《まぎ》れもなく矢吉が愛用した柳刃だった。

すると、八番飯台《はんだい》に坐り、一人ではとても食べきれないほどの料理を注文し、時折懐《ふところ》の中に手を入れては溜息《ためいき》を吐いていたあの二十四、五の男は、三歳のときに亭主の許《もと》に残してきた息子の福治……。

それでなければ、矢吉の柳刃を形見だと言っておまきに託すはずがない。

なんてことなのだろう……。

三歳の時に別れたきりといっても、息子の顔をすっかり失念《しつねん》していたとは……。

およねは挙措を失い、茶屋を飛び出すと福治の行方《ゆくえ》を捜し歩いた。

が、終しか見つけることが出来ず、打ち拉《ひし》がれて茶屋に戻ると、およねは初めておりきに自分の身の有りつきを打ち明けたのである。

おりきが先代女将おりきに助けられ立場茶屋おりきに入ったときには達吉やおうめ、およねは既におり、彼らの詳《くわ》しい事情を知らないまま二代目女将を継《つ》ぐことになったので、当然、おりきはおよねの身の有りつきを何ひとつ知らなかったのである。

およねの話は衝撃的であった。

およねは深川の梅本《うめもと》という料亭で下働きをしているときに、板脇《いたわき》の矢吉と知り合ったという。

やがて二人は理《わり》ない仲となり、およねはすぐにでも矢吉と夫婦《めおと》になれると信じていた。

ところが、矢吉には梅本に入る前から許婚《いいなずけ》がいて、梅本で修業を終えると深川松井町《ふかがわまついちょう》の小体《こてい》な小料理屋の一人娘と祝言《しゅうげん》を挙《あ》げることになっていたのである。

そのことをひた隠しに隠して矢吉はおよねの身体を弄《もてあそ》んでいたのだが、およねのお腹《なか》に赤児《やや》が出来たから堪らない。

他の女ごを孕《はら》ませたことが許婚に暴露《ばれ》れば入り婿《むこ》の話が流れてしまうばかりか、奉公人同士のびり出入りを禁じた梅本から追い出されてしまう。

観念《かんねん》した矢吉は梅本を辞《や》めておよねと所帯を持ち、流しの板前となって、福治という息子にも恵まれた。

そして、倹《つま》しいながらも親子三人やっとこさっとこ立行し、福治が二歳になった頃のことである。

それまで離れて暮らしていた矢吉の母親と同居することになったのだが、この姑《しゅうとめ》が一筋縄《ひとすじなわ》ではいかなかった。

ことあるごとに、おまえさえ息子にちょっかいを出さなければ、今頃、この子は小料理屋の主人《あるじ》に収まっていたんだ、こんなあばずれにびたくさされて、男一匹人生を狂わせちまったではないか、とおよねを罵倒《ばとう》したのである。

次第に、矢吉までがおよねに対して癇《かん》を立てるようになり、おめえのせいだ、おめえさえいなければ、俺の人生はもっと華やかになっていたんだ、と酒を飲んでは殴《なぐ》る蹴《け》るの……。

辛抱しきれなくなったおよねは、遂《つい》に、福治を置いて裏店《うらだな》を飛び出してしまったのである。

そうして、あちこちの居酒屋を転々としていた頃、助次《すけじ》という研師《とぎし》と鰯煮《いわしに》た鍋《なべ》（離れがたい関係）となり、助次が女房持ちと解っていて囲《かこ》われ者になったという。

母親が亡くなったと言って、矢吉がおよねを捜し当てて来たのは、そんなときだった。

矢吉は、もうおめえを嫁いびりする者はいないのだから帰《けえ》って来てくれねえか、女《おんな》手《で》がなくなり福治を育てるのに困っている、と言ったという。

だが、およねは、冗談も大概《たいがい》にしてくんな、とひと言のもとに突っぱねた。

と言うのも、およねには助次という男がいたからである。

助次は女房持ちながらも優《やさ》しい男で、恐らく、浅草花川戸《あさくさはなかわど》にいたあの頃が、およねにとって一番幸せなときであっただろう。

矢吉は可哀相《かわいそう》なほどに潮垂《しおた》れて帰って行った。

が、およねの幸せは永くは続かなかった。

一年後、助次が心《しん》の臓《ぞう》の発作《ほっさ》で急死したのである。

そうなると、囲われものとは憐《あわ》れなもので、本妻に何もかも取り上げられ、およねは身すがら叩き出されてしまったという。

およねは無性《むしょう》に矢吉や福治が恋しくなり、二度と渡らないと心に誓った大川を渡った。

が、済まなかったと頭を下げるおよねを、矢吉は頑《がん》として許そうとしなかった。

「おめえは亭主や腹を痛めた我が子より、女房持ちの男を選んだ女ごじゃねえか、そんな女ごに福治の母親面《ははおやづら》をされて堪るか！」

矢吉はそう言い、敷居《しきい》を跨《また》ぐことも許そうとしなかったのである。

それからというもの、およねは生きる屍《しかばね》となり何をする気もなくなってしまい、再び浅草に戻ると、夜鷹《よたか》まがいのことをしてまで日銭《ひぜに》を稼《かせ》ぎ、酒浸《さけびた》りの毎日……。

先代のおりきに声をかけられたのは、そんなときである。

あるとき、どろけん（泥酔《でいすい》）になって今戸橋《いまどばし》の袂《たもと》に蹲《うずくま》っていたところ、先代おりきがひと目でおよねに何か事情があると見抜き、声をかけてきた。

およねは涙ながらに、そのときのことをこう言った。

「あのとき、先代に拾われなかったら、あたし、大川に身を投げていたかもしれない……。あのときね、先代はこう言ったんですよ。子供に親は選べない、が、どんな親でも親は親……、逢えなくても、決して絆《きずな》が切れるものではないからね、懸命に生きるのです、それが、おまえさんや別れた亭主や子供の幸せに繋《つな》がるのだからって……」

おりきはおよねのその言葉を聞き、ああ……、と目を閉じた。

先代はおよねの中に、自分と乳飲《ちの》み子《ご》の頃に別れた息子の國哉《くにや》を重ね合わせていたのである。

それにしても、先代おりきはなんと懐の深い女ごであろうか……。

善助《ぜんすけ》やおうめ、そして当時立木《たちき》雪乃《ゆきの》と名乗っていたおりきも含め、先代はそれぞれが胸に秘《ひ》めた疵《きず》を鋭い嗅覚《きゅうかく》で嗅《か》ぎ取り、親鳥が子を庇《かば》うかのように羽根を広げ、温かく包み込んでくれていたのであるから……。

おりきはその先代を手本にして、今日まで日々研鑽《けんさん》を積んできたのである。

　およねは続けた。

「あたし、先代に拾われ、生まれ変わりました。あたしはもう独《ひと》りじゃない。ここには仲間がいる……。そう思うと、一日一日が愉しくて、見世に来る客を見ても、一人一人に人生があり、あたしたちはこの世に共存しているのだと思うと、わくわくしちゃって……。いつしか、深川のことはすっかり忘れてしまっていました。けど、今日、この柳刃を渡されて、走馬燈《そうまとう》のように昔のことが次から次へと……。酷《ひど》い母親じゃありませんか、福治を見ても我が子と気づかないなんて……。あの子、父親《てておや》の形見を渡そうと機を計《はか》ってたんですよ。けど、とうとう自《みずか》ら名乗ることが出来なかった……それなのに、あたしったら、食い逃げかもしれないから探ってこい、とおまきに命じたのですからね」

　そう言うと、およねは柳刃を手に、柄《え》に刻まれた銘を指差した。

「堺刃物《さかいはもの》、堺英心斎の銘の隣に、ほら、矢吉の名が刻まれているでしょう？　梅本にいた頃、贔屓筋《ひいきすじ》から贈られたもので、矢吉は英心斎の柳刃が手に入ったと、それはそれは悦びましてね。矢吉の名を刻むように勧めたのは、あたしなんです。当初は八寸《はっすん》もあった刃が、研いで研いで、ほら、こんなに短くなっているけど、それだけに、矢吉がこの柳刃を大切に扱ってきたことが解り、板前の誇りがここにあるような気がして……。だから、その大切な柳刃を形見にといって差し出した福治の気持を想うと……」

「本当に見事な柳刃ですこと……。まさに、研ぎ澄まされた、この蒼《あお》い輝き……。それで、福治さんはおまきに名乗らなくても渡すだけで判ると言ったのですね」

おりきがそう言うと、およねは、百万遍《ひゃくまんべん》の言葉より、この柳刃は多くの言葉を語ってくれました、と言った。

そうして、およねは続けた。

矢吉はこの柳刃を手にしたとき、俺はおめえのために深川一の板前になってみせる、これから先、いろんなことがあるだろうが、おめえ、ついて来てくれるな？　と言ったのだと……。

それなのに、およねは嫁いびりに堪えられずに逃げ出したばかりか、姑が亡くなり矢吉が迎えに来てくれたときも、無情《むじょう》にも追い返してしまったのである。

当然、愛想尽かしをされても仕方がなかった。

が、矢吉はその後も後添《のちぞ》いを貰わず男手《おとこで》ひとつで福治を育て、他人《ひと》には本木《もとき》に勝る末木《うらき》なしと意地を張ってみせていたというのである。

その話を深川時代に顔馴染《かおなじ》みだった男から聞いたおよねは、では、何故《なぜ》、助次に死なれて深川に戻って行ったとき、矢吉は自分を迎え入れようとしなかったのであろうか、と思った。

それで、そのときは、てっきりその男のひょうらかしだろうと思っていたのだが、矢吉の死後、福治がこの柳刃を形見だと言って持って来たということは、どうやら矢吉はその後も独り身を徹《とお》したと思ってよいだろう。

「もしかすると、この柳刃は福治の思いつきであたしに届けたのではなく、矢吉の遺《ゆい》言《ごん》だったのではなかろうか……。ねっ、女将さん、そう思いませんか？　矢吉はあたしにこれを渡すことで、おまえを許した、おまえは俺の生涯の女房……、そう伝えたかった……。こんなふうに考えるのは、虫がよすぎるでしょうか」

およねはそう言い、おりきの顔をじっと瞠めた。

おりきは思った。

矢吉はおよねのことを愛しく思っていたのだと……。

愛しい女ごだからこそ、矢吉は自分たちより助次を選んだおよねが許せなかったに違いない。

だが、心の中では許していたのである。

許してはいても意地《いじ》張《ば》ってしまったことに、矢吉はこれまで忸怩《じくじ》としながら生きてきた……。

結句、二人の間に齟齬《そご》が生《しょう》じ、歯車が合わなくなってしまったのである。

柳刃を渡されたことで矢吉の本心を知ったおよねは、矢吉の墓に詣《まい》ろうと思った。

「花見客がひと段落ついたところで、一日だけ暇をくれませんか？　福治が現在《いま》どこに住んでいるのか判りませんが、深川を訪ねてみます。以前住んでいた裏店や、矢吉の廻った見世を訪ねれば、福治の居場所が判るような気がして……。そうしたら、矢吉の墓に詣ってやりたいと思います。宜しいでしょうか？」

「ええ、是非、そうしてあげて下さいな。一日と言わずに、二日でも三日でもいいのよ。矢吉さんの墓に詣り、福治さんと二十年ぶりに母子《おやこ》の積もる話をしていらっしゃい！」

あのとき、おりきとおよねの間で、そんな会話がなされたのである。

だが、花見客にひと段落がつき、深川に出向いていったおよねは、その日のうちに戻って来た。

「久し振りの深川だというのに、何故もっとゆっくりしなかったのですか？　それで、福治さんの居場所は判ったのですか？」

おりきがそう訊ねると、およねは、いえ、判りませんでした、けど、もういいんです……、と寂しそうに首を振った。

どこかしら、それ以上のことは聞いてほしくないといったおよねの雰囲気に、おりきはあとが続かなかった。

結句、深川で何かあったのだろうということまでは判っても、それ以上のことは何も判らなかったのである。

とは言え、現在《いま》、およねが心許《こころもと》ない状態……。

だからこそ、おりきはなんとしてでも、ひと目福治に逢わせてやりたいと思うのだった。

おりきはこれまでの経緯《いきさつ》を亀蔵に話すと、

「これは差出《さしで》なのかもしれません。けれども、わたくしはなんとしてでもおよねを福治さんに逢わせてやりたいと思うのです」

と言った。

「差出なんかであるもんか！　どんな事情があるにせよ、およねと福治は母子《おやこ》なんだからよ。最後にひと目逢わせてやりてェと思う、おめえの気持はよく解らァ……。それによ、福治という息子も、わざわざ親父《おやじ》の形見をおよねに届けに来たんだ。心《しん》から憎《にく》んでいるのなら、たとえ親父の遺言だろうが、そんなことはしねえからよ。だがよ、ひとつ気にかかるのは、何ゆえ、四年前《めえ》、深川を訪ねたおよねがたった一日で戻って来たかってことでよ……。しかもよ、この話はおよねには秘密裏《ひみつり》にやる話だろ？　だとすれば、一体《いってえ》、何を手掛かりに捜せばいいのか……」

亀蔵が困《こう》じ果てた顔をする。

「現在《いま》判っているのは、梅本くれェでやすからね。が、梅本も矢吉とおよねが掟破《おきてやぶ》りをして辞めてったんだ。そこから先、二人がどう歩んだかなんて知っちゃいねえだろうしよ……」

達吉も腕を組み、苦《にが》りきった顔をする。

「判らなければ仕方がないのですが、冬木町《ふゆきちよう》の増吉《ますきち》親分に問い合わせてもらえないでしょうか」

おりきがそう言うと、達吉がポンと膝を打つ。

「おっ、三吉《さんきち》が子供屋《こどもや》に売られていったときに世話になった、あの親分よのっ！　そいつァ、いいや！　親分、あっしからも頼みやすぜ。ひとつ、増吉親分に頼んでもらえねえでしょうか……」

達吉が亀蔵の顔を覗き込む。

「ああ、よいてや！　頼んでみることにしようじゃねえか。が、先方から快《こころよ》い返事が貰えるかどうかまでは保証できねえが、それでいいな？」

　亀蔵にじろりと睨《ね》めつけられ、おりきと達吉は慌てて頷いた。


　それから二日後のことである。

　口切《くちきり》（開店）の時刻が迫り、おなみが暖簾《のれん》を手に表に出てみると、およねが立っていた。

「おったまげた……。およねさんじゃないか！　おまえさん、診療所にいなくていいのかえ？」

　おなみが目をまじくじさせる。

「ああ、もう治ったからね。嘘《うそ》みたいに頭痛が吹っ飛んじゃって……。それなのに、何もしないで病室にいたんじゃ、気分まで滅入《めい》っちまう……。口切に間に合ってよかったよ」

　およねはそう言うと、おなみを押し退《の》けるようにして、茶屋の中に入って行った。

　帳場の番台で、釣り銭用の金を数えていた甚助がおよねを見て、あんぐりと口を開ける。

「およね。おめえ……」

その声に、いつでも出せるようにと、盆に朝餉膳の小鉢《こばち》や香《こう》の物を並べていた、茶立女が一斉《いっせい》に振り返る。

「あら嫌だ！　およねさん、戻って来たのかえ……」

おくめが慌てておよねの傍に寄って来る。

「皆、迷惑をかけて済まなかったね！　もう大丈夫だから安心しておくれ。さあさ、口切だ！　今日も一日張り切っていこうじゃないか。ほら、お客さまだ。いらっしゃいませ！」

およねが先頭を切って入って来た客に、愛想《あいそ》のよい声をかける。

続いて、次々に客が入って来て、さあ、今日も忙しい一日の始まりである。

そうなると、誰もがいちいちおよねを気にする余裕《ゆとり》がなかった。

「一番飯台、朝餉膳三丁、浅蜊《あさり》釜飯《かまめし》一丁！」

「五番飯台、朝餉膳二丁、浅蜊釜飯二丁、鯖焼《さばやき》一丁！」

「八番飯台、朝餉膳一丁、親子丼《おやこどん》一丁、饂飩《うどん》定食二丁！」

「小春、七番飯台の客がお呼びだよ！　注文を取ってきておくれ。ほら、お真砂、六番飯台の朝餉膳が上がったよ！」

　およねが茶立女たちにてきぱきと指示を与え、自らも新規の客に茶を配って廻る。

　番台に坐り、およねをどうしたものかと思い倦《あぐ》ねていた甚助は、やれ、と胸を撫で下ろした。

　この様子なら、現在《いま》、およねが診療所から戻ってきたことを女将さんに知らせに行く必要はないだろう。

　恐らく、朝餉膳にひと段落ついた時点で、およね自らが帳場に挨拶に行くに違いない……。

　甚助はそう思っていたのである。

　ところが、ようやく朝餉膳に目処《めど》がつきかけた頃、およねの姿が広間から消えていることに気がついたのである。

「およねさんは？」

　おくめが茶立女たちを見廻す。

「さあ……」

「そう言えば、少し前から姿が見えないよね？」

「女将さんに帰って来たことを伝えに行ったんじゃないかしら……」

「厠かもしれないよ」

「まさか、また頭が痛くなって、二階に上がったんじゃなかろうね」

おくめの言葉に、さっと皆が顔を見合わせる。

「わたし、二階を見てきます」

百世が慌てて階段を上がって行く。

「じゃ、あたしは厠を……」

小春が駆けて行く。

百世と小春が挙措を失い戻って来たのは、ほぼ同時であった。

「二階にはいませんでした」

百世が言うと、小春があわあわと唇を顫わせ、厠のほうを指差す。

「た、大変です！　およねさんが……」

甚助が泡《あわ》を食ったように番台から飛び下りると、色を失い駆けて行く。

おくめと百世がその後に続き、小春はガクガクと顫えながらお真砂にしがみついた。

およねは厠に坐り込むようにして、事切《ことき》れていた。

脳動脈瘤の二度目の破裂で、呆気なく生命《いのち》を奪われてしまったのである。

知らせを聞いて駆けつけて来た内藤素庵と代脈は、おりきの前で深々と頭を下げた。

「済まない。およねが病室を抜け出したことに気づかなくて……」

「申し訳ありません。勝手方が言うには、今朝は朝餉を余さずに食べたそうで……。それで快方《かいほう》に向かっているのだと、つい油断《ゆだん》してしまいました」

おりきには返す言葉がなかった。

誰のせいでもないのである。

恐らく、茶屋衆が忙しく立ち働いているというのに、自分だけが病室でのうのうと寝ていることが、およねには針の筵《むしろ》に坐らされたのも同然に思えたのであろう。

それでおよねは生命《いのち》の危険を顧《かえり》みず、仲間の傍にいることを選んだに違いない。

そう思うと、ほんの束《つか》の間であれ見世の活気の中に身を置き、骨の髄《ずい》まで茶立女であることを身に沁《し》みて感じ、満足のうちに果てていけたのであるから、およねにとっては本望《ほんもう》といってもよいだろう。

おりきはおよねの亡骸《なきがら》を茶室に安置《あんち》し、そこで通夜《つや》をすることとした。

茶室でなら、茶屋衆や旅籠衆《はたごし》が作業の合間を縫《ぬ》って、入れ替わり立ち替わり、およねに別れを告げることが出来る。

五ツ（午後八時）過ぎ、知らせを聞きつけ、おまきが駆けつけて来た。

おまきは茶室に寝かされたおよねを見ると、わっとおよねの身体に被《かぶ》さるようにして泣き伏した。

「およねさん、何故……。なんでこんなに早く死んじまったのよ！　あたし、およねさんにどれだけ助けられたか……。悠治《ゆうじ》に捨てられて失意のどん底にいたあたしに、手取り足取り茶立女の仕事を教えてくれたのはおよねさんだった……。叶《かな》わぬ恋と解っていて、男に片惚《かたほ》れしては無惨《むざん》に心を切り裂《さ》かれたあたしを、他の女《ひと》は嗤《わら》っても、およねさんは庇うように言ってくれたよね？　女ごは男に惚れてなんぼのものだ、惚れる心を失ったら、もう女ごじゃないからね、あたしだって若い頃はどれだけ男に惚れたか……、そうやって、一人前の女ごに成長していくんだから、決して恥じるんじゃないよって……。あたし、どれだけおよねさんから勇気を貰えたかしれない……。あたしが四人の子持ちの春次《はるじ》さんの後添いに入ると決めたときも、生《な》さぬ仲の子を四人も育てるのは大変だ、と反対したいところだが、おまき、おまえにならば出来る！　良かったじゃないか、痛い想いをして子を産《う》まなくても、いきなり四人の子のおっかさんになれるんだから……、と背中を押してくれたけど、あれはあたしにもう子が産めないと知っての言葉だったんだよね？　あたし、幼い頃に母親を失ったから、およねさんのことがおっかさんのように思えて……。嫌だよ、およねさん！　なんであたしを置いて逝《い》っちまったんだよ……」

おまきは幼児のように声を上げて泣いた。おりきはおまきの肩をそっと抱え起こし、耳許《みみもと》で囁《ささや》いた。

「およねにはおまきの気持が伝わっていますよ。きっと、これからもおよねはおまえの傍にいて、支え続けてくれるでしょう。姿は見えずとも、おまえがおよねのことを思う限り、傍に居続けてくれるでしょうからね……」

おまきが顔に手を当て、うんうん、と頷く。

「今宵《こよい》は朝までここで寝ずの番をしますけど、おまきはどうしますか？」

「あたしも朝までお務めさせてもらいます。明け方一度高輪台《たかなわだい》に戻り、子供たちの朝餉の仕度《したく》をして、野辺送《のべおく》りに間に合うように戻って来ます。野辺送りは妙国寺《みようこくじ》でしたよね？」

「そうですか、けれども、ひと晩家を空《あ》けて大丈夫なのですか」

「うちの男《ひと》が、世話になったおよねさんに思い残すことなく別れを告げてこい、と言ってくれましたんで……」

おりきは頰を弛めた。

おまきはいつから春次のことを、うちの男《ひと》、と呼ぶようになったのであろうか……。

おまきが春次と夫婦《めおと》になって、ほぼ九月《くつき》……。

やっと、女房として、四人の子の母としての自信がついてきたのであろう。

通夜には茶屋衆、旅籠衆の面々《めんめん》が代わる代わる線香を上げに来た。

その中で、とめ婆《ばあ》さんだけが終始《しゅうし》怒ったような顔をしていた。

どうやら、とめ婆さんは十歳以上も歳下《としした》のおよねが先だったことに憤怒《ふんぬ》を覚えているようである。

「なんだえ、だらしない！　あたしゃ、おまえがこんな腑抜玉《ふぬけだま》だとは思わなかったよ！」

とめ婆さんはおよねの亡骸にそう声をかけたばかりか、

「言っとくが、寂しいからって、迎えに来るんじゃないよ！　あたしゃ、まだまだ生きるんだ。周囲《まわり》の者からお願いだから死んでくれと頼まれたところで、生きてやるんだからさ」

と続けたのだった。

そして、おうめ……。

おうめはおよねとほぼ同年配とあって、その死はかなり応《こた》えたようである。

およねが茶屋で最古参の女中頭《じょちゅうがしら》的存在であれば、おうめは旅籠の女中頭……。

共に先代女将のころから立場茶屋おりきのために務めてきたとあって、おうめにしてみれば片腕をもぎ取られたような想いなのであろう。

その想いは達吉も同様で、達吉はおりきやおまきと一緒にひと晩中遺体に付き添い、しんみりとした口調で呟いた。

「とうとう、およねを息子に逢わせてやることが出来やせんでしたね」

「間に合いませんでした……。けれども、これで、およねはあの世で矢吉さんに再会することが出来るのです」

おりきがそう言うと、達吉は首を傾《かし》げた。

「けど、矢吉はおよねを温かく迎えてくれるだろうか……。あの世でも、肘鉄《ひじてつ》を食わされたんじゃ敵《かな》わねえからよ」

「矢吉さんがそんなことをするわけがありません。あの二人は、強い絆で結ばれているのですもの……」

「けど、およねは助次という女房持ちの男に心底《しんそこ》惚れてたんでやすぜ？　てこたァ、助次が待ち構えているかもしれねえってこと……」

「大番頭さんたら……」

おりきが呆れ返ったように達吉を見る。

「痴情《ちじよう》のもつれや諍《いさか》いごとがあるのは、俗世《ぞくせ》でのこと……。彼岸《ひがん》では、皆が平穏《へいおん》でいられるといいますからね。それに、矢吉さんが言っていたそうではありませんか。本木に勝る末木なしと……。およねにも充分そのことが解っています。莫迦なことを考えるのはお止しなさい！」

おりきと達吉の会話を黙って聞いていたおまきが、ぽつりと呟く。

「およねさんが若い頃にいろいろあったというのは、そのことだったんですね。やっと、あたしにもおよねさんが言ったことの意味が解りました」

達吉も頷く。

「いろいろあった人生だが、およねはそのときどきで筒一杯《つついっぱい》生きてきたんだ……。およねよォ、お疲れさん！　俺たちゃ、おめえのことが大好きだったぜ。有難うよ！」

「およね、有難う。本当によく尽くしてくれました」

おりきはおよねに囁くと、そっと手を合わせた。

およねの野辺送りは、翌日妙国寺で行われた。

先代おりきの墓所《はかしょ》を妙国寺に求めて以来、ここには、下足番の善助、三吉、おきちの双親に姉のおたか、おきわの母おたえ、そして、榛名《はるな》の亭主航造《こうぞう》が眠っていて、今また、およねが加わったのである。

妙国寺での野辺送りを終え、坂道を下りながら亀蔵が苦々しそうに呟いた。

「増吉親分におよねの息子を捜してくれと頼んだところ、確かに四年前《めえ》まで深川にいたんだが、親父が亡くなって以降、姿を消しちまって、現在《いま》はどこにいるのか誰も知らねえそうでよ……。ただ一つ判ったことがあってよ。四年前《めえ》、およねが息子を捜しに深川に行ったことがあっただろう？　あのとき、おめえが息子が見つかるまで三日でも四日でも深川に留まってもよいと言ったのに、およねはその日のうちに戻って来た……。深川で何かあったに違《ちげ》ェねえとおめえも不審《ふしん》に思ったと言ってたが、およねはよ、嘗《かつ》て亭主や子供と暮らした裏店を訪ねたところ、皆から亭主や子を捨て女房持ちの男に走ったあばずれ女と白い目で見られ、口も利いちゃもらえなかったそうでよ……。と言うのも、姑が周囲《まわり》の者にあることないことおよねの悪口を言い触《ふ》らして廻っていたそうでよ。それればかりじゃねえ……。矢吉は流しの板前としてあちこちの見世を転々としていただろう？　あろうことか姑の奴、ご丁寧《ていねい》にも矢吉が廻った見世まで訪ね歩きおよねの悪口を言っていたらしく、およねは行く先々で爪弾《つまはじ》きされたそうでよ。それで、これ以上、深川を捜し歩いても無駄と思ったんだろうて……。およねは品川宿に戻って来て、深川で何があったのかおめえに言わなかったというが、そりゃ、言えるわけがねえよな？　そう思うと、およねが不憫でよ……」

おりきは胸がぎりぎりと引き裂かれていくのを感じた。

およね、おまえ……。

現在《いま》、この場におよねがいれば、迷わず、抱き締めてやったであろう。

だが、福治は母親が周囲《まわり》の者からそんなふうに悪し様《あざま》に言われているのを承知で、矢吉の柳刃をわざわざ品川宿まで届けに来たのである。

と言うことは、福治には父親《てておや》のおよねへの想いが解っていたということで、福治もまたそれを認めているということ……。

せめて、それが救いであった。

他人《ひと》からなんと思われても構わない。

肝心《かんじん》の夫婦《めおと》や親子が解り合えていたならば……。

それに、およねは亡くなった現在《いま》も立場茶屋おりきの仲間、家族なのである。

それにしても、およねはなんと芯の強い女ごなのであろうか……。

あれほどの深い疵を胸の内に抱えているというのに、終しか、泣き言や繰言《くりごと》を言わず、逆に周囲《まわり》の者を励まし支え続けてきたのであるから……。

だが、およねを失った寂しさに浸《ひた》る間もなく遽《あわただ》しい日が過ぎていき、五月の声がもうそこまで迫っていた。

早々と菖蒲太刀《しょうぶたち》売りや豆鯉《まめごい》売りが売り声を上げて町中を行き交《か》うそんな中、久々に多摩の花売り、三郎が現れた。

三郎はおりきの姿を認めると、早く早く、と手招きした。

「女将さん、お待ちかねの片栗の花をお持ちしやしたぜ！」

三郎が後ろ手にした腕を、ひょいと前に廻す。

三郎の手には、淡紫色《たんししょく》の花を俯き加減につけた片栗の花が……。

「まあ、これは……」

「おとっつァんがやっと片栗の花が咲いている沼地に連れてってくれやしてね！」

「まあ、喜市さんが……。では、やっと山野を歩き廻る元気が出ましたのね？」

「元気が出たのはいいんでやすが、これがまた、思ったより山奥でやしてね。あっしもおえんも知らなかったんだが、木々の間を通って行くと、そこだけぽっかりと穴が空いたかみてェな空間がありやしてね。見ると、沼があるじゃねえか……。その沼の畔《ほとり》に、片栗の花が群生《ぐんせい》してやしてね。それは見事でやした……。ところが、久し振りの片栗の花に、おとっつァんが興奮して……。勢《いきお》いよく駆けてったのはいいが、湿地《しっち》に脚を取られて、そのまま沼の中に身体ごと突っ込んじまったから大変《てえへん》だ！」

　えっと、おりきの顔から色が失せる。

「それで、喜市さんに怪我はなかったのですか？」

　三郎は、いやいや、と唇をひん曲《ま》げた。

「足首を骨折しやして……。たまたま、昨日は娘を預かってくれる者がいたもんで、女房のおえんが一緒に行ってたんで助かりやした。それでなきゃ、片栗の花を目の前にしても、あっしはおとっつァんを背負《せお》わなきゃなんねえから、とてものこと、花を持ち帰《けえ》ることは出来なかった……」

「まあ、それで喜市さんは？」

「へい、すぐさま副《そ》え木を当てて手当をしやしたが、なんせ、歳が歳なもんで……。ところが、おとっつァんが、せっかく採《と》った片栗の花だ、早く女将さんにお届けしろ、とやいのやいのと言いやしてね……。そりゃそうでやすよね？　女将さんに悦んでもらおうと骨折してまで採った片栗だというのに、お届け出来ねえんでは、おとっつァんの気持が無駄になるってもんで……」

　おりきは胸が一杯になった。

　自分が久し振りに片栗の花を見たいと言ったばかりに、喜市にそんな無理をさせてしまったとは……。

「申し訳ないことをしてしまいましたね。わたくしが無理を言ったばかりに……」

「いえ、いいんでやすよ。おとっつァんは女将さんに悦んでもらえることが何よりなんでやすから……。けど、それからってもの、おとっつァんが妙なことを口走りやしてね」

三郎が訝《いぶか》しそうな顔をする。

「妙なこととは……」

「それが、俺は脚を滑《すべ》らしたんじゃねえ、水辺《みずべ》で戯《たわむ》れる娘っこの幻《まぼろし》に惑《まど》わされたんだと……。そうだ、もののふのやそおとめが……。はて、なんてったっけ……。なんとかかんとか、かたかごのはなとか……」

ああ……、とおりきが微笑む。

「物部《もののふ》の八十《やそ》乙女《おとめ》らが汲《く》みまがふ　寺井《てらい》のうえの堅香子《かたかご》の花……。万葉集《まんようしゅう》の大伴家持《おおとものやかもち》が詠《よ》んだ詩《うた》ですよ」

「万葉集……。大伴家持……。へえェ、女将さんが知っていなさるのは解るが、おとっつァんがそんな難《むずか》しいことを知ってるなんて……」

三郎が首を捻《ひね》る。

「けど、そりゃ、一体《いってえ》、どんな意味なんで？」

「少女たちが大勢入り乱れて水を汲む寺の井戸の傍に、今を盛りに咲き乱れている堅香子の花という意味で、古くは片栗の花のことを堅香子の花と言いましたのよ。かたかごが訛《なま》って、かたくり……」

へえェ……、と三郎が目を丸くする。

「けれども、喜市さんが現在《いま》でもその和歌《うた》を憶《おぼ》えていらっしゃるとは、よほどお気に召したようですね」

おりきがそう言うと、三郎が、なァんの、と嗤う。

「おとっつァんはその和歌が気に入ったわけじゃなく、女将さんから教わったってことが嬉しいんで……。とにかく、おとっつァんにとっては、女将さんは如来《にょらい》さま！この前《めえ》だって、土産にもらった越後《えちご》の干菓子《ひがし》を、おめえらみてェな下種《げす》な者が食ったら口が腫《は》れると言って、結句、自分一人で食っちまったんだからよ！　それも、一日一個、舐《な》めるように勿体《もってえ》をつけて、ちびりちびりと……。あっしもおえんも呆れ返《けえ》って、開いた口が塞がりやせんでしたぜ」

おりきがくすりと肩を揺らす。

喜市が越の雪をちびちびと舐める姿が目に浮かんだのである。

「まあ、そうでしたの。では次からは、皆さまでご一緒に、とつけ加えて差し上げなければなりませんわね」

「いや、別にそういう意味じゃ……」

三郎はバツが悪そうに月代《さかやき》を掻《か》いた。

おりきは花代の他に喜市の見舞いとして懐紙《かいし》に小粒《こつぶ》（一分金）を二枚包むと、これは皆さまでご一緒に、とつけ加えて鹿子《かのこ》餅《もち》を手渡した。

「端午《たんご》の節句《せっく》が近いのですが、今年も菖蒲《しょうぶ》を大量にお願いできますかしら？」

「へい。解っていやす」

「くれぐれも、喜市さんに無理をしないようにと伝えて下さいね。わたくしが感謝していたとも、片栗の花を見たいと我儘《わがまま》を言ったばかりに、申し訳ないことをしてしまったとも伝えて下さいね」

「へい。その言葉を聞くと、おとっつァんも悦びやす」

三郎はそう言い、帰って行った。

今日、三郎が持って来てくれた花は、片栗の花の他に、満天星《どうだんつつじ》、海老根《えびね》、額空木、小米空木《こごめうつぎ》、半鐘蔓《はんしょうづる》……。

おりきは手桶にそれらを浸すと、茶屋に向かった。

今日も、信楽の大壺は百代に委せてみよう……。

およねが抜けたあと、現在《いま》はおくめが茶立女たちを束ねる役目を務めている。

少しずつ、百世にも役割を持たせ、おくめを助《す》けさせてみてはどうだろう。

そうして、皆が力を合わせ、立場茶屋おりきは成り立っているのであるから……。

百世は今日も信楽の大壺を委せてもらえると知り、目を輝かせた。

先日のような気後れは、もうどこにもない。

「では、頼みましたよ」

おりきはそう言うと、片栗の花を手に帳場に戻った。

仏壇に供えるつもりであった。

仏壇に片栗の花はそぐわないように思うが、そんなことはどうでもよい。

おりきはおよねが片栗の花が好きだと言ったのを思い出したのである。

「あたし、この可憐な花が堪らなく好きでしてね。薄紫《うすむらさき》の色といい、恥じらうようにひっそりと俯いて咲く花……。どこかしら、品格さえ感じますものね！」

いつだったか、おりきが喜市から片栗の花を手渡されているのを見て、たまたま井戸の脇を通りすがった、およねが声をかけてきた。

そうだ、確かあのとき、喜市さんに大伴家持の和歌を教えてあげたのだった……。

およねも初めて聞く堅香子の花という言葉に、目を白黒させながら聞いていた。

「あたし、頭が悪いからすぐに忘れちまうかもしれないけど、かたかごがかたくりに訛っていったって話は忘れない！　へえエ、そうだったんだ……。またひとつ、お利《り》口《こう》さんになれて、へへっ、得《とく》しちゃった！」

およねはそう言って笑ったのである。

おりきは仏壇の花立ての水を替えると、片栗の花を活けた。

仏壇の中には、真新しい白木《しらき》の位牌《いはい》が……。

茶立女、およね　享年《きようねん》五十四歳。

戒名《かいみよう》はつけてやっていないが、おりきは戒名より名前の上につけた茶立女という文字を誇りに思っている。

これほど、およねに相応《ふさわ》しい戒名があろうか……。

そして、およねの位牌の隣には先代おりきの位牌があり、その隣に善助の位牌が……。

「およね、堅香子の花ですよ。綺麗でしょう？　おまえが大好きな花でしたよね……」

おりきの目にわっと涙が溢《あふ》れた。

おりきに悦んでもらいたいと、深山《みやま》の奥まで片栗の花を採りに行ってくれた喜市……。

最期《さいご》の最期まで、立場茶屋おりきのために尽くしてくれたおよね……。

何もかもが嬉しくて、切《せつ》なくて……。

おりきの頬を、後から後から涙が伝い落ちる。

堪えきれずに、おりきは肩を顫わせ、泣き崩れた。

女将さん、有難う……。

どこからか、およねの声が聞こえたように思え、それがまた、おりきの涙を誘ったのである。

本書は、時代小説文庫（ハルキ文庫）の書き下ろし作品です。

時代小説文庫
い 6-25

花《はな》かがり 立場茶屋《たてばぢゃや》おりき

著者 今井絵美子《いまいえみこ》
2014年3月8日第一刷発行

発行者 角川春樹

発行所 株式会社 角川春樹事務所
〒102-0074 東京都千代田区九段南2-1-30 イタリア文化会館

電話 03(3263)5247[編集] 03(3263)5881[営業]

印刷・製本 中央精版印刷株式会社

フォーマット・デザイン＆シンボルマーク 芦澤泰偉

ISBN978-4-7584-3808-7 C0193

http://www.kadokawaharuki.co.jp/[営業]
fanmail@kadokawaharuki.co.jp[編集] ご意見・ご感想をお寄せください。

時代小説文庫

今井絵美子
母子燕《おやこつばめ》
出入師夢之丞覚書

書き下ろし

半井夢之丞は、深川の裏店で、ひたすらお家再興を願う母親とふたり暮らしをしている。亡き父が賄を受けた咎で藩を追われたのだ。鴨下道場で師範代を務める夢之丞には〝出入師〟という裏稼業があった。喧嘩や争い事を仲裁し、報酬を得ているのだ。そんなある日、呉服商の内儀から、昔の恋文をとり戻して欲しいという依頼を受けるが……。男と女のすれ違う切ない恋情を描く「昔の男」他全五篇を収録した連作時代小説の傑作。シリーズ、第一弾。

今井絵美子
星の契
出入師夢之丞覚書

書き下ろし

七夕の日、裏店の住人総出で井戸浚いをしているところに、伊勢崎町の熊伍親分がやって来た。夢之丞に、知恵を拝借したいという。二年前に行方不明になった商家の娘・真琴が、溺死体で見つかったのだが、咽喉の皮一枚残して、首が斬られていたのだ。一方、今度は水茶屋の茶汲女が消えた。二つの事件は、つながっているのか?(「星の契」)。親子、男女の愛情と市井に生きる人々の人情を、細やかに粋に描き切る連作シリーズ、第二弾。

鷺の墓

今井絵美子

書き下ろし

藩主の腹違いの弟・松之助警護の任についた保坂市之進は、周囲の見せる困惑と好奇の色に苛立っていた。保坂家にまつわる因縁めいた何かを感じた市之進だったが……（「鷺の墓」）。瀬戸内の一藩を舞台に繰り広げられる人間模様を描き上げる連作時代小説。「一編ずつ丹精を凝らした花のような作品は、香り高いリリシズムに溢れ、登場人物の日常の言動が、哲学的なリアリティとなって心の重要な要素のように読者の胸に嵌め込まれてくる」と森村誠一氏絶賛の書き下ろし時代小説、ここに誕生！

雀のお宿

今井絵美子

書き下ろし

山の侘び寺で穏やかな生活を送っている白雀尼にはかつて、真島隼人という慕い人がいた。が、隼人の二年余りの江戸遊学が二人の運命を狂わせる……。心に秘やかな思いを抱えて生きる女性の意地と優しさ、人生の深淵を描く表題作ほか、武家社会に生きる人間のやるせなさ、愛しさが静かに強く胸を打つ全五篇。前作『鷺の墓』で「時代小説の超新星の登場」であると森村誠一氏に絶賛された著者による傑作時代小説シリーズ、第二弾。

（解説・結城信孝）

今井絵美子
秋の蝶《てふ》
立場茶屋おりき
書き下ろし

陰間専門の子供屋から助けだされた三吉は、双子の妹おきち、おりきを始めとする立場茶屋の人々の愛情に支えられ、心に深く刻みつけられた疵も次第に癒えつつあった。そんな折、品川宿で〝産女〟騒動が持ち上がった。太郎ヶ池に夜遅く、白布にくるまれた赤児を抱えた浴衣姿の女が、出現するという……(「秋の蝶」より)。四季の移り変わりの中で、品川宿で生きる人々の人情と心の機微を描き切る連作時代小説シリーズ第三弾、書き下ろしで登場。

今井絵美子
月影の舞
立場茶屋おりき
書き下ろし

立場茶屋「おりき」の茶立女・おまきは、夜更けの堤防で、月影を受け、扇を手に地唄舞を舞っている若い女を見かけた。それは、幾千代の元で、芸者見習い中のおさんであった。一方、おりきは、幾千代から、茶屋の追廻をしていた又市が、人相の悪い男たちに連れられていたという話を聞き、亀蔵親分とともに駆けつけるが……。茶屋再建に奔走するおりきと、品川宿の人々の義理と人情を描ききる、連作時代小説シリーズ、第四弾。

時代小説文庫

今井絵美子

美作の風

津山藩士の生瀬圭吾は、家格をおとしてまでも一緒になった妻・美音と母親の三人で、つつましくも平穏な暮らしを送っていた。しかしそんなある日、城代家老から、年貢収納の貫徹を補佐するように言われる。不作に加えて年貢加増で百姓の不満が高まる懸念があったのだ。山中一揆の渦に巻き込まれた圭吾は、さまざまな苦難に立ち向かいながら、人間の誇りと愛する者を守るために闘うが……。市井に生きる人々の祈りと夢を描き切る、感涙の傑作時代小説。（解説・細谷正充）

今井絵美子

蘇鉄の女《ひと》

化政文化華やかりし頃、瀬戸内の湊町・尾道で、花鳥風月を生涯描き続けた平田玉《ぎょく》蘊《うん》。楚々とした美人で、一見儚げに見えながら、実は芯の強い蘇鉄のような女性。頼山陽と運命的に出会い、お互いに惹かれ合うが、添い遂げることは出来なかった……。激しい情熱を内に秘め、決して挫けることなく毅然と、自らの道を追い求めた玉蘊を、丹念にかつ鮮烈に描いた、気鋭の時代小説作家によるデビュー作、待望の文庫化。